完璧な家族の作り方

藍上央理

角川ホラー文庫
24632

鷹村翔太《たかむらしようた》の証言　音声記録①

二〇二四年六月二十三日（日）　午後二時十二分

今から、二十一年前になりますか。

小学四年、当時十歳で東京から北九州《きたきゅうしゅう》市に転校してきた、初めての夏休みでした。

あの廃墟《はいきょ》は、丁字路の突き当たりにある平屋の一軒家でした。

どん突きには屋根付きの立派な門があって、黄色と黒の縞模様《しまもよう》の虎ロープが蔦《つた》のように、門に張り巡らされていました。壊れた門扉は半開きで、立ち入り禁止を意味するロープの効果はなさそうでした。

長い間、雨風に晒《さら》されていたせいで、黒く腐った柱は緑色に苔《こけ》むしていて、今にも崩れそうに見えました。

廃墟を囲む高いブロック塀から、緑と言うより黒いと言ったほうが当てはまりそうな枝葉がはみ出していて、それに蔦がぐるぐる巻きに蔓延《はびこ》って、とにかく不気味な外観をしていました。

手入れのされていない庭木が、まるで、だらりと手を垂らした緑色の怪物に見えたものです。

廃墟のブロック塀には剝《は》がれかけた売り家の張り紙があって、文字もにじんでいて、なんだか門と同じようにどことなく異質で、現実離れしているように感じました。

　廃墟の周辺は新興住宅地で、一様に白い箱のような形をしている建売住宅だったせいか、その一角だけが時代に取り残されたように見えました。

　子供心に、あの廃墟はとてつもなく恐ろしいもので、中に入る気は全く起こりませんでしたが、その時は、四人のクラスメイトの男子にほぼ無理強いされてしまって。

　とにかく、足下《あしもと》の真っ黒い影を必死に見つめていました。

「早《は》よ行きぃ」って。北九州の方言って、東京の人間にはとても乱暴に聞こえるんですよ。

　方言でせっつかれると、ますます恐怖心に苛《さいな》まれて、何度も廃墟の門とクラスメイト達を見て、心底迷いました。

　何でそんなことになったのか。それが彼らにとって仲間に入れる為のイニシエーションだったのかもしれません。


　その日は、とにかく暑い日で、道を取り囲むように鳴く蟬の声が、耳がおかしくなるほど頭に響いていました。

　何度腕で拭《ぬぐ》っても間に合わないくらい、全身に汗を掻《か》いていて、黄色いタンクトップが気持ち悪いくらい肌にへばりついていました。

　一学期の途中に転校してきたせいで、せっかくの夏休みなのにひとりぼっちで過ごしていました。

退屈な夏休みの暇つぶしに、知らない土地を探検することにしました。探検は思っていた以上に面白いものでした。

引っ越してきた理由ですか？　父の仕事の関係です。

元々、父母は北九州市の出身だったんですけど、私自身は、赤ん坊の時に東京に引っ越して以来、東京育ちです。

でも、ここは言葉も、空気の匂いすら違う、北九州市にある小さな町で。スーパーやコンビニも駅前にあるきりで、三階建て以上の家屋やビルも少なくて、新興住宅地が駅を囲むように広がっている、そんな町でした。

あちこちにある公園や空き地、町中に突然現れる畑や田んぼ。それらが全部、私には目新しく映ったものです。

ひと一人通れるか通れないかくらい狭い路地の下町っぽい感じに、子供心をくすぐられもしました。

駅前にある唯一のコンビニへアイスを買いに家を出て、その帰り道でした。

面白がってあちこちの角を曲がるうちに、元来た道を見失っていました。それでも楽しいと思えたのは最初のうちで、アイスを食べ終わる頃には不安に変わっていました。

焦りながら歩いている道の先、公園の前に、手にサッカーボールを持っている子供達、クラスメイトの男子が四人いたんです。

私は思わず、足を止めて身構えました。すると私に気付いた体格のいい男子の一人が、ニヤニヤ笑いながらこっちに来て言ったんです。

「おまえ、鷹村《たかむら》っち、言ったっけ？」

目を合わせないように縮こまる私の前に、道を塞《ふさ》ぐようにして立っていました。

私は小柄な子供だったので、ケンカにでもなったらすぐにねじ伏せられてしまう。そうなったら怖いと思うくらい、彼らを傍若無人な人間だと思い込んでいました。

「なんしよん？」

他の男子も寄ってきて、私を囲みました。

何を聞かれているのか、その頃はまだ分からなかった方言でまくし立てられて、私は押し黙るしかなかった。

「どこ行きよん？」

何度も同じことを言われて、ようやく聞き取れて。家に帰る途中だと何とか答えることができました。

彼らが目配せし合っているのを見て、次に何が起こるか分からなくて、走って逃げたい気持ちに駆られました。私なんて放っておいてほしいと、必死に願っていました。

「ちょ、来ちゃりぃ」

「おまえ、ここら辺初めて？」

彼らが私の手をなれなれしく握って引っ張り出したので、逃げようもなくて仕方なくついていきました。

「やったら、あそこ行かな」

「やね。あそこ行っとかないけんやろ」

口々に言う、「あそこ」がなんなのか、さっぱり分からなくて、しばらく彼らに引っ張り回されて新興住宅地を歩き回りました。

新興住宅地から外れ、昭和然とした古い文化住宅と高いブロック塀に囲まれた道を進んでいきました。

丁字路の突き当たりに立派な門が見えてきました。

「あそこっちゃ」

彼らの一人が、道のどん突きに建っている廃墟を指差したんです。

古びて崩れかけている門に張り巡らされた虎ロープから目を離せなくて、これからどんなことが起こるのか全く想像もできないし、とにかく不安に駆られていました。

「ここ、誰も住んどらんっちゃ」

「空き家っちゃん」

「ここ入って、中にあるもん持ってこれたら、一緒にサッカーしよ」

彼らが何を言っているか、さすがに分かりました。ニヤニヤ笑っている彼らの表情に、やっぱり悪意を感じずにはいられませんでした。

彼らの命令を素直に聞くべきか迷いつつ、私自身は、虎ロープが張り巡らされている門を、ただただ見上げることしかできなかったんです。

彼らは困り果てている私を囲み、ニヤニヤしながら、意地悪く口々に「早く入れ」と急《せ》かしました。

私は廃墟に入らずにすむ言い訳を、必死になって探しました。勇気を出して「嫌だ」と言えたら良かったんですが、日に焼けた体格のいい彼らに取り囲まれていると、酷《ひど》く圧を感じて何も言えなくなってしまったんです。

ようやく、勝手に入ったらいけないんじゃないかって言えたんですけど、彼らは得意げに、中に入ったけど何も起こらなかった、普通の家だ、と悪びれた様子もなくて。

「そうっちゃ。中に入って、何でもいいけ、取ってきたらいいっちゃん。簡単やろ？」

「早よ、行きぃ」

せっつかれて、壊れて開いた門の向こう側を見ました。玄関が見通せないくらい茂った庭木が、一体どのくらい放置されていたのか見当も付かなくて。辛うじて、枝の隙間から玄関のガラスの嵌《は》まった格子戸がしっかりと閉じてあるのだけが分かりました。

鍵《かぎ》が掛かっているかもと苦し紛れに言い訳したら、たたみかけるように言われたんです。

「鍵は掛かっとらんよ」

「みんな、入ったっちゃん」

「ぜんっぜん、怖くなかったっちゃ」

「そうっちゃんね、何も出らんかったし、平気っちゃ」

その言葉を聞いて、ますます不安になりました。彼らが出ないと言っているのは何なのか引っ掛かりました。

何が出るのか、聞きとがめたら、彼らが顔を見合わせてクスクス笑い出したんです。

「戻ってきたら教えちゃる」

「入らんとね」

「な？」と言い合う姿を見ていると、さすがに私でもこの廃墟《はいきょ》には何かあるんだろうと予想がつきました。

虎ロープが私の胸に当たるくらい、強く背中を押されました。多分、渋る私に痺《しび》れを切らしたのか、思わず手が出てしまったようでした。

彼らは悪びれもせず、今度は強い口調で私に詰め寄ってきたんです。

「早よ、行きっちゃ」

「俺ら、外で見張っとるし。なんかあったら呼んじゃるけ」

「早よ、行きぃ」

肩や背中を小突かれて、よろよろと私の足が虎ロープに当たりました。後ろを振り向くと、横一列に彼らが並び、逃げ場を塞いでいました。

「戻ってきたら、サッカーに交ぜちゃるけぇ」

どうやっても逃げようがなく、恐る恐る足を踏み出して、体をぐっと屈《かが》めて、虎ロープを潜って中に入りました。

早く何か取ってこいと彼らに無情な言葉を投げかけられて、喉《のど》の奥がぐぅっと引き攣《つ》るような思いをしました。

門の内側に入り込んで、茂った枝のトンネルを潜ると、それまで肌を刺していた日差しが遮られたせいか、すぅっと涼しくなりました。

雑草の青臭い匂いが辺りに充満していて、玄関前の庭にはぼうぼうと雑草が生えていて、地面を覆い尽くしていました。

雑草の長細くて鋭い葉が、歩く度に脛《すね》にすれて、鋭い痛みを感じて足を見たら、ナイフで切られたように血がにじんでいるのが目に入りました。

雑草を避けて前に進むこともできなくて、痛みを我慢しながら、やっと石畳みの玄関に辿《たど》り着きました。

この時点で、泣きたいくらい、とてつもなく怖かった。

後ろを振り向いたら、門の向こうにいる彼らが悪魔みたいに目を輝かせて、じっと私を見ていました。

もう逃げ道はない、このまま玄関の引き戸を開けて中に入るしかないと、私は諦《あきら》めて覚悟を決めました。引き返したら、何をされるか分からなかったからです。そのくらい、廃墟よりも彼らが怖かった。

目の前のガラスの格子戸から中を覗《のぞ》きましたが、暗くて何も見えませんでした。

恐怖で心臓がぎゅっと縮こまった時、その場の温度が一層下がったように感じました。昼日中でも信じられないほど暗い廃墟へ、一人で入り込むという恐ろしさに、うなじから背筋を通って尾てい骨までひやっとなりました。

玄関の引き戸に、そっと手をかけて横に引くと、鍵は掛かってないと言われたとおり、すんなりと開いたんです。

思わず、後ろを振り向いたら、門の向こうで彼らが興奮したように手を振っているのが見えました。

引き返せないことで覚悟を決めた私は、引き戸の内側に思い切って体を滑り込ませて中に入りました。

途端に、まるで冷蔵庫に入ったような寒気に襲われて、鳥肌が立ちました。本当にあまりにも「はっきりと」毛が逆立ったんです。毛穴がつぶつぶと収縮していくのが、思わず当てた手のひらで感じ取れました。

あれほどの暑さにびっしょりと汗を掻いていたのに、嘘のように汗が引いていました。むしろぞくぞくと震えがきて、無意識に両腕に手のひらを這《は》わせて擦《さす》っていました。

暗い玄関の三和土《たたき》に立ってみると、開けた引き戸の隙間から外の暑い空気が塊になって押し入ってきました。同時に家の中の空気がぞわぞわと蠢《うごめ》くのも感じました。廃墟の中はとても埃《ほこり》っぽくて、くしゃみが出そうになるくらい、鼻の奥がむずむずしました。

玄関には据え付けの靴箱があるきりで、スリッパもなければゴミすらなかった。上がりかまちにうっすらと埃が積もっていましたが、所々踏んだ跡もあり、以前大人が入ったのかなと思いました。

でも、子供の足跡がひとつもなかったんですよね。彼らもずいぶん昔に入ったきりだったのかもしれません。

その時の私に、それを確かめる術《すべ》はありませんでした。覚悟を決めて、土足のまま上がりかまちに足を掛けて家の中に入っていきました。

玄関から家の中に上がると、すぐ左右に短い廊下がありました。

目の前に引き戸があったんですが、そこから、埃とも違う、ヘドロのような、動物園の臭いを強くしたような、なんとも言えない悪臭が漂ってきたので、その引き戸は開けないことにしたんです。

昼間でしたが、廊下は暗くてじめっとしていました。

手探りで本能的に目の前の引き戸を避けて、左へまず曲がりました。左手にはドアがあって、そっとドアを開けて中を覗いた時、真向かいに影が動いたように見えて、悲鳴を上げてドアを閉めたんです。今思えば、鏡じゃないかなと思うんですけどね。

壁に背中を張り付けて、何度も深呼吸をしました。もう二度と目の前のドアを開けるような勇気は出ませんでした。とうの昔に、廃墟から出たくてたまらなくなっていました。この頃には、クラスメイトよりも廃墟のほうが怖くなっていました。

ただ、その時の私は無理やりやらされたのだとしても、何か持ち帰らねばならないと思い込んでいたんです。

廃墟が怖くても何もしないで逃げ出せば、クラスメイトに虐《いじ》められるんじゃないかって想像できて、転校してきたばかりで友達もいないし、余計に憂鬱《ゆううつ》になったんです。

小学生にとって、学校生活は自分の知っている世界のほとんどを占めてますしね。その世界から締め出されるわけですから、相当な恐怖ですよ。

何でもいいから持ち帰ろうと気持ちを奮い立たせて、今度は反対側の右の廊下へ進みました。最初に入った右側の二部屋は片づけられていて、もちろん持ち出せるものは何もありませんでした。

突き当たりの右側にトイレ、突き当たりにもう一つ部屋がありました。

前の二部屋よりも暗い、広めの部屋でした。多分、主寝室だったんでしょう。ドアを開けたことで室内の空気が動いたせいか、積もった埃が舞い散ったのが見えました。カーテンから漏れ出た日差しに当たって、汚い埃もキラキラと輝いて、綺麗《きれい》に見えました。

鼻がむずむずして何度かくしゃみをする頃には、悪寒のような肌寒さにも慣れてしまっていました。心に余裕ができたのか、それまでおずおずと歩いていたんですが、だんだんと大胆に歩き回るようになっていました。

ここは何もない、単なる廃墟だ、と恐怖心も薄れていたんです。何もないから、持ち帰れるものがなくて反対に困るほどでした。

部屋を出て、トイレとは反対側のドアに向かいました。そのドアからかなりきつい悪臭が漏れていました。躊躇《ためら》いましたけど、思い切ってドアを開けてみたんです。

ドアを開けた瞬間、驚きました。

薄暗いリビングとダイニング、キッチンが目に入りました。埃が積もっているとは言え、ぽつんとダイニングに据えられているテーブルと四脚の椅子に、さっきまで誰かが席に着いていたような、やけに生々しいイメージが頭に浮かびました。

私は今までの部屋とは違う、明らかに異様な雰囲気につばを飲み込んで、ゆっくりと息を吐きました。鼻で息をすると、強烈な大便の臭いがするので、間の抜けた顔をして口で息をしていました。

さっきまで誰かがいたような気配がまだ漂っていて、他人の家に上がった時のように緊張してきました。

それまでじっと見つめていたダイニングのテーブルから目を逸《そ》らして、改めてリビングを眺めてみました。

リビングの天井から下がった照明が、風もないのにギィギィギィと音を立てて大きく揺れていました。

用心しながらリビングへ入っていったんですが、何も起こらなかったので、少し安心しました。その時、床に何か落ちていることに気付きました。

リビングの中心、照明の下に、四角い紙切れのようなものが落ちていたんです。拾って見てみたら、ポラロイドフィルムに写った家族写真でした。

写真の中でダイニングテーブルを囲む、おそらく母親と子供達の三人が笑みを浮かべていました。多分、リビングとダイニングを遠くから写したものだったんじゃないでしょうか。

写真には手前の左上にピンボケした二本の棒みたいなものが写っていて、お世辞にも上手《うま》いアングルではありませんでした。でも、ここに来た唯一の証拠だったのでズボンのポケットに写真を突っ込みました。

目的を果たして、すっかり気を緩めた私は、それまで張り詰めていた緊張を解いて、部屋を見回しました。

リビングの右手には座敷があったと思います。床が二十センチほど高くなっている小上がり和室で、奥に押し入れと床の間がありました。

座敷の畳は傷みが酷《ひど》くて、畳のい草がささくれ立っていました。

押し入れに寄っていって、私はそーっとふすまを開けてみました。

上段と下段に仕切られた押し入れでした。空っぽの押し入れに、私は何故かガッカリしてしまいました。

思わず何もないじゃないかと呟《つぶや》いたそのときです。私の言葉に応《こた》えるように背後から物音がしたんです。

私は心臓が止まってしまいそうなくらい驚いて、金縛りみたいに体が固まってしまいました。押し入れの前から動けないでいたら、後ろからギィギィギィと軋《きし》む音が聞こえてきたんです。

何かいる。

額に冷や汗が浮かんで、生きた心地がしませんでした。背中にぐぐっと圧迫感があって、それが氷のように冷たくて重たく感じられました。

ヤバい、と。これは本当にヤバいと、頭の中で何度も叫んでいました。

でも、あまりにも恐怖を感じると、思いも寄らぬ行動を取ってしまうものなんですね。反対に音の正体を確認したくなって、多分、気のせいだと思いたくて振り返ってしまったんです。

目の前に、さっきまでなかったものがありました。

それが、照明の下で振り子のようにギィギィギィって、音を立てながら揺れていたんです。

異様に長い首をしていて、目玉と膨れ上がった舌が飛び出している。白く濁った目が私をじっと見ていました。

ゆっくりと目を下に向けると、床に黒い水溜まりができていて、白い蛆虫《うじむし》がうじゃうじゃ湧いている。気が付けば、たくさんのハエがわんわんと部屋中を飛んでいました。

今の今まで、本当に気付かなかった。死体があるなんて思わなかった。今でも不思議なんですけど、死体だけが目に入っていなかったんです。

目の前には首吊《くびつ》り死体、背後には別の何かの気配を感じていました。

背中に寄り掛かってひっついてくるものがあって、痰《たん》が絡んだようなゴロゴロという音が聞こえてきました。まるで、私の耳元で息をしているように感じたんです。

全身の毛穴がぎゅっとなって、毛が逆立ってきました。髪の毛が頭のてっぺんまで引っ張り上げられるような悪寒が走りました。

口で息をしていたら、思わず声が出そうになって、声が出たらますます気配がひっついてきそうで、私は思わず鼻で息を吸ってしまったんです。

鼻の奥にガツンと一撃食らったような、なんとも言えない強烈な悪臭に頭がくらくらして、ものすごい吐き気に襲われました。そうしたらどうしても嘔吐《えず》きが止まらなくなって。酸っぱいものが喉《のど》の奥から込み上がってきて、今にも吐いてしまいそうでした。

その恐ろしい気配がとうとう私の背中にへばりついて、耳元で呻《うめ》いたんです。喉から辛うじて吐き出されるようなしゃがれた声で。

完璧《かんぺき》な家族になろう。

私は悲鳴を上げました。腰が抜けて歩けなくて、四つん這《ば》いで逃げたんです。何度もゲロをダラダラ吐きながら、なんとか目の前の押し入れの下段に潜り込んで、ふすまを急いで閉めたんです。吐き気は止められなかったんですが、しばらく恐怖でじっとしていました。ふすま一枚隔てた向こう側に、得体の知れない何かがいるんですから、どうしようもないでしょう？

　ふすま越しに、「完璧な家族になろう」って、ヒューヒューと掠《かす》れた声が聞こえてくるんです。

　ギィギィと音を立てながら、何度も私の隠れた押し入れの前を往復しているんですよ。

　見えたわけでもないのに、ふすまの向こう側にいるのが、首を吊った死体だと何故か分かりました。

　絶対にここから出てはいけないって心の中で繰り返していました。私は吐くものがなくなってヒクヒクするみぞおちを擦《さす》りながら、恐怖で力の入らない足をなんとか動かそうと頑張りました。

　それがいるふすまから遠ざかろうと、ふすまを見ながら少しずつ奥へ奥へと後退《あとずさ》っていったんです。

　そしたら、とすっと、尻《しり》に何かが当たりました。押し入れから出し忘れた布団か何かだろうと思って、もっと奥に進めるか、確かめようと振り返ったんです。

　今でも真っ黒としか言えないんですけど、本当に真っ暗な押し入れの奥に、二つの白い目玉が浮かんでいました。うがいをしてるみたいな、よく聞き取れない声で、完璧な家族になろう、って言われたんです。

　それと同時に、生温《なまぬる》い液体が私の顔に飛び散って、すごく鉄臭いものが頬を伝って顎《あご》からポトポト落ちるのを感じました。

私は自分でも聞いたことがないような奇声を上げていました。体が海老反《えびぞ》りになって、手足が勝手にばたついてしまって、後はよく覚えていません。


次に気付いたら、私は病院のベッドにいました。

両親が心配そうに私を覗《のぞ》き込んでいるのが目に入りました。

両親は廃墟《はいきょ》で何があったのか聞き出そうとはしませんでした。多分、思い出させてショックを受けてしまわないようにという配慮だったのでしょう。

その代わり、何度か警察官が来て、廃墟に入った時のことを訊《たず》ねてきました。

怒られるのかと思ったんですがそうではなくて、本当に何があったかを聞き出したかったみたいでした。

でも、もう二度とあのことを思い出したくなかったので、絶対に、誰にもあの「何か」について説明しようとは思いませんでした。持って帰ったはずの家族写真もいつの間にかなくしてしまったし。でも、それでいいと思いました。

心の底から、あの廃墟に関わり合いたくなかったんです。

私が病院に担ぎ込まれた経緯を後から知ったんですが、廃墟から聞こえてきた私のものすごい悲鳴に驚いたクラスメイトが近所の大人に助けを求めて、救急車で病院に運ばれたんだそうです。

結局、あの廃墟から何も持ち出せませんでした。

二〇二四年五月一日（水）
メモ
○○○○創作大賞　募集開始2024年4月23日から
ジャンル　ホラー
テーマ　実際の事件　怪奇事件　北九州で起きた事件など

取材重要！

私に足りないもの　リアリティ
克明に書くこと。私のプライベートなことも書いていこう！　共感してほしい

今年こそホラー小説で商業作家デビュー！
ダイくん、いつも応援ありがとう。頑張るぞ！

鷹村翔太の証言　音声記録②

二〇二四年六月三十日（日）　午前十一時八分

すみません。日曜しか空いてなくて。先週も一時間で帰ってしまって。

それにしても、小説ですか。取材とか、大変じゃないですか？

私にはそんな才能がないから、今は地道に職探しですよ。再就職って結構難しいですね。

いえ、もともと、一年前まで、東京の総合電機メーカーで働いていたんですよ。

認知症の母の介護のために仕事を休職して。それで実家のある福岡県北九州市に戻ってきたんです。

そうなんです。母がとうとう要介護3に認定されたと。これ以上、ヘルパーに介助されながらの一人暮らしは無理だと、母を担当しているケアマネージャーの伊藤《いとう》さんから連絡を受けて、それで実家に。

あ、いえ。気を遣わないでください。今はもう大丈夫なんで。

東京の大学に進学した私は、そのまま東京で就職して、母とはたまにかける電話で話をするだけでしたが、一人暮らしの母が年々少しずつ老いていくのを感じていました。

父ですか？　父は私が高校三年の時にガンで亡くなりました。私が大学に進んでからずっと母は独りだったんです。私だって心配してなかったわけじゃないんです。

連絡をもらった時、妻の沙也加《さやか》が交通事故で亡くなって、ちょうど半年が経っていました。妻は息子の隼也《じゅんや》を残して逝ってしまった。今更でしたけど、隼也と二人きりになって初めて、十七歳の時の子供じみたわだかまりは捨てようと思い直したんです。

え？　そうでしたか。あなたもなんですね。

私が高校二年の時、父が末期の膵臓ガンで余命宣告されました。大事な話があると言われて、神妙にダイニングテーブルの椅子に座りました。そこで、父母が実の親ではなく、自分は養子だと知らされました。

丁度、卒業旅行の為に戸籍謄本を取りにいったばかりだったので、そんな記載はなかったと言うと、私の実の親はすでに亡くなっているのだと告げられたんです。

青天の霹靂《へきれき》でした。

それまで両親を本当の親だと思っていましたし、まさか、自分が名前も分からない女性の子供だと考えもしなかった。両親の血を一滴も受け継いでいないなんて、思いも寄らなかった。

何故、両親がこんな大事なことを今になって、私に教えたのか、当時の私には理解できませんでした。それまで反抗期もなく従順だった私が、初めて両親に反発したんです。

だけど、それは拗《す》ねた子供が不機嫌を両親にぶつけて、彼らの親としての愛情を試したようなもので。父は余命宣告を受けたから、私に告白してくれたんですよね。だから、今でも後悔しています。

しかも、今度は母を喪失《な》くしそうになって、ようやく私は焦ったんです。

そんなこんなで、仕事を休職することにためらいはなかったですよ。出世コースから外れてしまうのも承知していましたし。

すぐに引っ越しの準備を始めて、二週間後には実家への引っ越しが完了しました。引っ越し業者に頼んで、実家の仏間にいくつもダンボールを運び込みました。ダンボールにマジックでメモを書いていたので荷ほどきはかなりはかどったと思います。

ダンボールから、いくつか小物を取り出して、仏壇に並べて置いていきました。母が父の写真を後ろ向きにしているように、私も自分が持ってきた写真立てを伏せておいたんです。家族の写真を見るのが辛《つら》くて。

仏壇に、持ってきた位牌《いはい》を父の位牌の横に並べると、線香を焚《た》いて、おりんを鳴らしてから念仏を唱えました。

位牌を仏壇に置いたら、なんとなく力が抜けて、足を崩して座り込みました。

ようやく一息つけそうだと思っていたら、背後から母に声を掛けられたんです。

「お父さん、こんなに散らかしてどうするの？」

振り返ると、母がふすまから顔を覗《のぞ》かせて、積み上げられたダンボールを怪訝《けげん》そうに見ていました。多分、仏間に荷物があることが気に入らなかったんでしょう。

すぐに謝ったら、不満そうな表情が和らいで、母はリビングに戻っていきました。

母はもう私のことが分からなくなっている。父に全く似ていない私を、自分の夫だと誤認している。そのことで前よりもっと悲しくなりました。

足腰が丈夫なだけに、余計健康そうに見えて、傍目《はため》では分からない脳みそが萎縮《いしゅく》していく病気にかかっているのが信じられませんでした。

妻を亡くしたことで、半年経っても心に穴が開いているようでした。でも、これからは母を支えて介護していくのだと覚悟して、精一杯頑張ろうと決心していました。だから、荷ほどきは後にすることにして、母が転ばないように後ろからついていきながら、お茶を淹《い》れると声を掛けて、私もリビングへ移動しました。

私には一人息子の隼也がいまして、北九州市に戻るときも隼也と一緒でした。

隼也はまだ小学校に上がる前で、しかも、越してきたばかりだったから保育園にも入園できなくて、一日中家にいることになります。でも、母の話し相手になってくれるんじゃないかって勝手に期待してました。

戸棚をあちこち開けてようやく茶葉を見つけて、母にお茶を、隼也には牛乳を持っていきました。

「あら、お父さん、ありがとう」

母が笑顔で湯飲みを受け取ってお茶をすする姿を見ると、なんとも言えない寂しい感情が湧きました。

父じゃない。翔太だと何度も繰り返し教えるけど、思い出してくれない。私との思い出はもう忘れてしまったのだと思うと、やるせなくなりました。

大学進学と同時に十八歳で家を出てから、三十歳になるまでのあいだ、実家に一度も帰らなかったですし。

だから、隼也が生まれた時に、沙也加に孫の顔を見せに行くのも駄目なのかって言われたのに、意地を張ったことを今も悔やんでいます。

しんみりしていると、玄関のチャイムが鳴りました。

インターホンに出てみると、ヘルパーの三善《みよし》さんでした。私が北九州市に来る前から、三善さんに午後の一時間、母の見守りをしてもらう約束をケアマネージャーの伊藤さんと話し合って決めていました。そんな短い時間で母の様子の変化に気付き、報告してくれたのも三善さんでした。

玄関で待つ三善さんを出迎えました。

「お疲れ様です。いらっしゃい」

三善さんは笑顔がチャームポイントで。丸い頬をしていて、目はリスみたいにくりくりした可愛らしい二十代の女性です。両手に買い物袋、肩から大きめのトートバッグを提げていて、荷物が多くなって申し訳ないと思いました。

「こんにちは！　初めまして、鷹村さん。上がらせていただきます！」

元気に挨拶《あいさつ》してから、きちんと靴を揃えると、そのままリビングへ私と一緒に行きました。小さい体なのにきびきびしている様子を見ていると、変に頼もしい気持ちになったものです。

「佳子《けいこ》さーん、こんにちは！　今日のお加減はどうですか？」

三善さんが母の前に膝《ひざ》を突いて腰を屈《かが》めて接してくれて。その様子を見て私の中で三善さんへの好感度がアップしました。

「あら、どうもこんにちは」

ニコニコしながら答える母の様子を見ているだけだと、まるで三善さんのことが分かっているように感じました。

「どちら様かしら？」

「三善ですー！　お元気にしてますか？」

「えぇ、元気ですよ」

毎日交わしている挨拶だと思うのに、まるで初めて聞いたように三善さんは嬉《うれ》しそうに笑ってくれました。

「良かったぁ、ご飯は食べられてますか？」

そうしたら、母が不思議そうな顔をするんですよ。

「ご飯？　食べたかしら、ううん、食べてないかも」って。

「そうですかぁ、あ、でも、もうお昼ですもんね！　ご飯、持って来ましたよ！」

私がここに到着したのはお昼過ぎでした。いつも配達してもらう昼の弁当をキャンセルして、三善さんにスーパーで惣菜《そうざい》を購入してくれるように頼んだんです。私はなんだか申し訳なくて謝りました。

「いいえいいえ、お引っ越しされてお忙しい時にすみません。伊藤さんが今朝お弁当を持ってきた時は綺麗《きれい》に完食されたようですよ！」

無理なお願いをしてすみませんって頭を下げたら、三善さんは笑いながら、なんでもないって感じで、ご家族の手伝いをしてるだけだからなんでも言ってくださいと言ってくれたんです。

そんなふうに言われて、不安だったんですけど本当に安心できたんですよ。今までは電話でやりとりをしていただけでしたが、実際に会ってみると、彼女の笑顔でかなり気が楽になったものです。

三善さんに留守を任せて、駅前へ買い物に行くと告げました。

私はリビングのソファに座っておとなしくしていた隼也を呼んで、一緒に出掛けることにしました。

最寄りの駅まで行く途中、家から近い公園の前を通り過ぎると、この先にある、思い出したくない場所が頭を過《よぎ》りました。

そうです。この前、お話ししたあの廃墟《はいきょ》です。

あそこで、私は何度も恐ろしい思いをしたことがありました。今でも時々夢に見るくらい、トラウマなんです。

馬鹿としかいいようがないですが、十七歳の時にも、仕方なく、あの廃墟に侵入したことがあるんです。その時は私一人ではありませんでしたが、やっぱりろくでもないことしか起こらなかった。

丁字路に差し掛って、私は足を止めました。引っ越してきた時も、車でここを通り過ぎたことを思い出しました。

大きな屋根付きの門があって、虎ロープが張り巡らされている。崩れかけた門扉の向こう側には草木がぼうぼうと茂っていて、奥まった場所にガラスの格子戸の玄関が見えました。

昔とまるっきり変わらない様相でした。とっくの昔に取り壊されているものだと思っていましたから、北九州市に戻ってきて実家に向かっている時に目にした廃墟に、私は本当に驚いた。何一つ変わっていなくて。

それを思い出して、一瞬、立ち止まってしまったんですけど、私の手を握る隼也の小さな手を感じて、気にしてはいけないって自分に言い聞かせてから、左手にある廃墟から目を逸《そ》らして丁字路を右へ曲がって駅に向かいました。

駅地下のスーパーで、夕食の食材と、隼也に菓子を何種類か、他にもいろいろ買い込んだと思います。

十二年ぶりに戻った、故郷の町並みはすっかり変わっていました。

私が高校生の頃は、駅前に一軒だけあるコンビニの前で部活の先輩やOBとたむろして、夜遅くまでだべっていたものです。と言っても、他に行くところがなかっただけなんですけどね。

帰り道は、廃墟を避けると、かなり遠回りすることになるので、帰りの時間や隼也のことも考えて、やっぱり廃墟の前を通ることになってしまいました。

私が廃墟から目を背けて歩いていると、隼也が私に、あそこに黒い人がいるって言うんです。

私は思わず通り過ぎた廃墟を振り返りました。息子の指差す先に門がありました。でも、誰もいなかった。電柱の陰にも、どこにもいない。気のせいだろうと、隼也を見下ろしたら、息子はあどけない顔で私を見て、背の高い、黒い人がいる。首をこーんなふうに曲げてると、大袈裟《おおげさ》に首を傾げてみせたんです。

廃墟の前の道を見回してそういった人がいないか探してみました。背の高い人間がいれば、すぐに分かる丁字路だったんですけど、私達以外誰もいなかった。

廃墟が見えなくなるまで、隼也はずっと振り返っていました。

隼也の目に映っている何かが「いる」と思いたくなかった。あの時と同じものがいるわけがないと自分に言い聞かせていました。

そうですね、隼也にしか見えない何かが見えていたのかもしれないですね。

私達が帰宅したと同時に三善さんは帰っていきました。

母は、リビングでお茶をすすりながら昼間のバラエティ番組を見ていました。

インターネット回線がなかったので、引っ越してすぐに回線工事を予約しました。

これからは外出の頻度も下がるだろうし、インターネットを引いたら、モバイル通信ができないスマホでも、ＹｏｕＴｕｂｅを隼也に見せることができますしね。

家に帰ってくると、隼也は母の側に腰掛けて、退屈な番組をしばらく見ていたんですけど、そのうち飽きたのか、画用紙にクレヨンで絵を描き始めました。

夕飯の準備をする前に、ダンボールを開いて、荷物を出してしまわねばならないと思いまして、時々母と隼也の様子を仏間から見ながら、作業を進めていました。

ふと、時計に目をやると、もう四時になっていました。

母に水分を取らせてトイレに連れていくのを忘れていたのに、やっと気付きました。

慌ててリビングにいる母に、トイレに行こうと声を掛けたんです。

母がぼんやりと私を見上げました。

もう一度、トイレに行こうと母の肩に手を置きました。

「はいはい」

母はゆっくり立ち上がったんですけど、ズボンがびっしょりと濡《ぬ》れているのを見て、自分の失敗に血の気が引きました。一瞬、何も考えられなくなって、思わず、大きな声を出してしまいました。いけないと思って、すぐに口をつぐみました。今度は優しくズボンを取り替えようと声を掛けました。

「大丈夫よ、大丈夫だから」

母が弱々しく私の手を押し返してきましたが、私は母の背中を支えながら風呂場《ふろば》に連れていきました。

母はとても恥ずかしそうに、自分一人でできると言い張りましてね。仕方なく、母に替えのパンツとズボンを手渡しました。お湯で濡らしたタオルで、母が下半身を拭《ふ》いているところを黙って見守っていました。

「こんなところ、お父さんに見られるなんて恥ずかしい」

あまりにも悲しそうだったから、私は戸口に隠れて、母に今度から気を付けるよって謝りました。

なんとなく、隼也のトイレトレーニングのことを思い出しました。

でも、母の場合は違う。母はトイレに行くタイミングが分からなくなっていたんです。これからはおむつを穿《は》かせなければいけないんだろうかと迷いました。母は恥ずかしいと嫌がるかもしれないですが。足腰は丈夫だから、余計に不憫《ふびん》に思いました。

順調に行くと思っていた介護を、早速失敗してしまった。介護は子育てに似ていると勝手に思い込んでいました。次は絶対に失敗しないようにって、肝に銘じました。

食事の準備をしながら、ダイニングから母と隼也の様子を眺めました。バタバタしていて、ちゃんと隼也を紹介してなかった。そのせいか、母は隼也に目も向けませんでした。知らない子供だからって気を遣っていたのかもしれないですね。

隼也にココア、自分と母にお茶を淹《い》れてリビングに持っていきました。絵を描いている隼也にココアを渡しながら、「おばあちゃんに挨拶《あいさつ》したか？」と今更ながら訊《たず》ねました。

恥ずかしいのか、隼也はチラリと母を見ると、また絵を描き始めました。母に、隼也のことを改めて孫だよって紹介したら、母は、困ったような表情を浮かべて、しばらく私の顔を見つめていました。

隼也に対して母も戸惑っていたようで、母だって知らない子供を孫だと言われてもすんなり受け入れられませんよね。初めて顔を見たんですから。隼也が生まれた時に、母に孫の顔を見せに帰省しなかったことを、今になって後悔しました。

隼也におやつはいるかと声を掛けて、ダイニングのテーブルにスナック菓子の袋を並べました。沙也加なら、多分小皿に食べる分だけ取り分けるだろうなと考えながら、隼也が菓子袋を開けるのを眺めていました。

隼也はスナック菓子の袋を開けはしましたが、好きな菓子じゃなかったのか、テーブルを離れました。ココアも飲みたくなかったのか、手をつけませんでした。

ココアを飲まないのかという私の声が聞こえないのか、隼也は絵の続きを夢中で描いている。さっきの牛乳もほったらかしでした。

仕方なく、中身の入ったマグカップとコップを流しに下げました。

夕方、母のことを伊藤さんに電話して相談したんです。それで、おむつは必要かもという話になりました。見守りも一時間でしたけど、二時間に延ばしてもらうことにしました。

子育てと介護を同時にするのは難しいと、たった一日で音《ね》を上げてしまった私を、伊藤さんは責めたりしませんでした。むしろ、「大変でしたね」と気遣ってくれたほどで、ありがたかったです。

一体、今まで母はどんなふうに過ごしていたのだろう。父が他界し、私が上京してから、今までずっと、独りきりでどうしていたのだろうと考えると、罪悪感に気が塞《ふさ》ぎました。

今更、後悔しても、もう遅いですけど。

三善さんが二時間の見守りとケアをしてくれるようになって二週間ほど経った頃だと思います。

未だに介護は慣れないけど、少しずつ、母とコミュニケーションが取れ始めたと思えてきたところでした。

　それでも、認知症という病気に、まだ私のほうが慣れてなくて、何度も母に物忘れを指摘してしまうんです。

　母が悲しそうに私を見て、言うんですよ。

「なんで、そんな意地悪を言うの、お父さん」

　その後、いつも母は悲しそうにして、背中を丸めてソファに座っていました。

　認知症の親の介護に関する本を何冊か読んだけれど、本の通りにはいかなかった。当時の私は、母が認知症であることを認めたくなかったんでしょうね。

　テレビを見ている母に、仲直りのつもりで茶菓子を持っていって、謝りました。

　すると、まるで何事もなかったように、母は微笑んで私を見て言うんです。

「なぁに？　お父さんてば急に」

　母は傷つけられたことも、すぐに忘れてしまっていた。母の傷の痛みを負うのは、これからは私一人なんだろうと思いましたよ。

　いえいえ、私の場合はってことなんで。感傷的すぎましたね。

　そうですね、話が脱線してしまってすみません。あの廃墟《はいきょ》のことですよね。

　あれは、実家に戻ってきて、しばらく経った頃です。

　買い物を済ませて、私は隼也を連れて公園へ行って、遊ばせていました。

まだ、三時まで時間に余裕があったんで。

普段気を張り過ぎているのか、こうして隼也を遊ばせる為に公園のベンチに座って見守っている時が、一番気を抜いてしまうんです。

隼也は公園の砂場でおとなしく山を作って遊んだり、他の子達に交ざって滑り台で遊んだりしていました。その様子を確かめては、ぼんやりと公園や空を眺めていました。

気が付くと、いつの間にか寝てしまっていて、時計を見るともうそろそろ三時になろうとしていたので、帰らなくてはと思い、立ち上がりました。

隼也はさっきまで、滑り台のある遊具で遊んでいたはずでした。遊具の側に寄っていきましたが、姿が見当たらない。慌てて隼也を捜しました。

まさか、公園から出てしまったのか。でも、隼也は家までの道を覚えているはずだから一人で家に戻ったのかもしれないと、焦りながら考えていました。

急いで道路に出て、家に続く道を眺めました。一旦《いったん》、小走りで駅と公園のあいだを往復してみました。

五歳だけど、割合しっかりした子なので、やっぱり一人で家に帰ったのだろうと信じて、走って家まで戻ることにしました。

どうか、家に戻っていてくれと祈りながら走っていると、あの丁字路に差し掛かったんです。

廃墟の門の前に、隼也が佇《たたず》んでいるのが見えました。私は隼也の名前を呼びながら駆け寄りました。

こんなに心配させておいて、隼也がのほほんと私を見上げて、笑いました。訳が分からなかった。なんで、こんなに楽しそうなのか。腹立ち紛れに、勝手に私から離れちゃいけないと叱ったんです。

そしたら、隼也が、背の高い黒い人に呼ばれたって。

私は慌てて周囲を見回しましたが、そんな大人はどこにもいなかった。私を相当困らせたのに、楽しそうにしている息子に苛立《いらだ》ちました。

誰もいない、嘘を吐いたらいけないと、私が隼也を叱ったら、くるりと門を振り返って指差すんですよ。

知らない人についていったらいけないという私との約束を守って、廃墟には入らずに、その大人を待っていたらしいんです。

沙也加と私が、以前、隼也に言い聞かせたことを覚えていてくれたんだ。でも、それと同時に頭から血の気がすぅっと引きました。背の高い黒い人。確か、初めて息子と丁字路の前を通ったときに息子が首を傾げてみせた、あれです。

私がどんな大人か聞いたら、真っ黒だと。それだけでは分からないので、肌が黒いのか、服が黒いのか細かく訊ねました。

隼也は無邪気に、全部黒いよって。

全部黒いと聞いて、背筋が震えてきて、悪寒が走りました。小さい頃の嫌な記憶が頭て、家に帰りました。

を過《よぎ》ったんです。

私は隼也に絶対にその大人についていったらいけないと、強く言い聞かせました。納得がいかないようでしたが、素直に頷《うなず》いたので、手を強く握って引きずるようにして、家に帰りました。

リビングに入ると、すでに帰り支度をした三善さんが待っていました。

「お帰りなさい。今日はお風呂《ふろ》に入ってもらいました。ね、さっぱりしましたね！」

三善さんの笑顔を見た母も機嫌好《よ》さそうに、でも理解してないとは思いますが、「そうねぇ」と答えていました。

玄関で三善さんを見送った後、ダイニングに買い物袋を置きに行きました。中身をテーブルの上に出していると、買ったばかりの卵がいくつか割れているのに気付きました。

それだけのことですけど、今日一日ついてない気持ちになってしまいました。イライラしながら、リビングにいる隼也と母を見ました。

夕飯は隼也の大好きなオムライスを作るよって言ったら、とても嬉《うれ》しそうに笑っていましたよ。

さっき、私を死ぬほど困らせたのに、こうして隼也の笑っている顔を見ると、やっぱり心が和やかになるんですね。本当に不思議です。

その日の夜だったと思います。ふと目を覚ますと、真っ暗な部屋に橙色《だいだいいろ》の豆電球の明かりに照らされた天井が目に入りました。

あまり寝た気もしなくて、スマホで何時か確かめたら、夜中の十二時でした。母を寝かしつけて布団に入ったのが十一時でしたから、まだ一時間しか経っていないことになります。

何気なく隣を見ると、布団がめくれていて、寝ているはずの息子の姿がありませんでした。

トイレにでも行っているんだろうと思ったんですが、なんとなく寝苦しかったから、水でも飲もうと起き上がりました。

部屋を出て、キッチンに行く前にトイレに寄ってみました。でも、トイレには誰もいませんでした。

どういうことだろうと心配になって、母の部屋にも行ってみました。そうしたら、母の布団もめくれていて、もぬけの殻だったんです。

母がいない。隼也もと思った途端、一気に全身から血の気が引きました。

最初はパニックを起こしかけました。しっかりしろと、なんとか冷静になろうと必死でした。まさかと思いながらも、着の身着のままで鍵《かぎ》とスマホを手に、急いで外へ出ました。

本当に信じられない、なんで立て続けにこんなことが起きるんだって、冷静になれ、冷静になれと、自分に言い聞かせました。隼也や母にこれほど振り回される自分を、情けなく思ったほどです。

夜中の住宅街は、しーんと静かで、ポツポツ窓明かりが見える以外は真っ黒く塗りつぶしたように暗かったですね。

大声で名前を呼ぶのは近所迷惑になると思って、まずは家の周辺を歩き回って、脇道を覗《のぞ》いていきました。

母はともかく、隼也はこの辺りに慣れているわけじゃない。二人同時にいなくなったということは、まさか母が隼也を連れ出したんだろうかって勘ぐりました。

もう少し捜す範囲を広げようと思って、駅から遠い公園に向かいました。

結局、その公園にもいなくて、道を引き返して、いつもの公園の前を通り、駅前へ捜しに行くことにしました。

もし、駅前にもいなかったら、警察に電話をして、母と隼也を捜してもらうしかない。そう思いながら、頼りなく道を照らす街灯の下を歩いていきました。

そろそろ丁字路の廃墟の門が見えるところまで来ました。周囲の闇が一段と増して、ちょうど街灯の明かりが届かない。

暗い門の前に、人間の大人と同じくらいの黒い塊がありました。濃い藍色《あいいろ》よりももっと色彩を失くした塊で、私を待っていたかのようでした。

まさかと思って静かに近づいていくと、それが人の形をしていることが分かりました。

もしや母だろうか。母であってくれと願いながら塊の側に行くと、遠い街灯の明かりに四つの光が反射して、こちらを向いたんです。

私は心臓が止まるかと思いました。

「お父さん」

聞き慣れた母の声がしました。低い位置で光る目玉は隼也のものでした。

二人ともにこにこと私を見つめていました。

私は、安堵《あんど》と怒りとで、声が出なかった。責めたい気持ちが湧き上がりましたが、ぐっと押さえ込みました。

母に何を言っても無駄だし、隼也を叱っても、そもそも家を勝手に抜け出そうと誘ったのが隼也かどうか分からない。家に戻って経緯を聞くしかないと思いました。

私は、家に帰ろうと二人に促しました。

隼也の手を握り、母を支えて、家に戻りました。

本当は、今にも叫びたい怒りが喉元《のどもと》まで来ていましたが、道すがら何度も考え直そうと努力したんです。むしろ丁字路で二人が見つかって良かったんだと、落としどころを見つけようと、ざわざわする気持ちをなだめて、深呼吸を繰り返していました。

頑張っているだなんて、そんなことはないですよ。介護と子育てを同時にやるなんて、私には荷が重かったのかもしれないですね。

なんとか家に戻って、暗い玄関の明かりを点《つ》けました。二人をそれぞれの寝室に連れていきました。母が私に、「あの子は誰？　どこの子なの？」と言ったんですけど、私の息子で母の孫だと教えました。

母が首を傾げて不思議そうに言うんです。

「私に孫なんていたかしら」

隼也が生まれてから今まで一度も会ったことがないし、まだ慣れないんだろうって答えたと思います。

「そうなの？　じゃあ、仲良くしないとねぇ。私達に孫なんていたのねぇ、お父さん」

今夜は訂正するだけの元気もありませんでした。訂正しても明日《あした》になったら忘れてしまうんだから無駄ですしね。

母をベッドに寝かしつけて、寝室に押し込んだ隼也の様子を見にいきました。隼也はおとなしく布団にくるまって寝ていました。

はぁっと息を吐いてから、何か食べようとダイニングに行って冷蔵庫の中を物色しました。買い置きのビールがあったので、取り出して缶のまま飲み干すと、苦みがスーッと喉を通って、冷えたビールが気持ちよく胃の腑《ふ》に落ちるのを感じました。このときは、アルコールで反対に気持ちが収まったように思います。

もしも、母が今夜のように家から抜け出して徘徊《はいかい》するなら、何か対策を講じないといけない。伊藤さんに電話をしてどうしたらいいか相談しようと思いました。

部屋に閉じ込めてしまうこともできますが、そんなこと、人道的にも論外だし、可哀想です。体が健康なのが良いことなのか良くないことなのか、認知症の徘徊に関しては答えが出ませんね。

それにしても、何故、隼也は廃墟《はいきょ》の前に母と一緒に立っていたのか。子供心に興味をそそられたのだろうか。考えたんですけど、分かりませんでした。

あんな気味の悪い廃墟に、まさか入り込んだりしてないだろうかって。もう一度強くあの廃墟には行かないように言い聞かせるしかないのだろうと考えていました。沙也加なら、どうしたでしょうね。こんな時だからこそ、彼女の答えを心から知りたかったです。

次の日だったと思います。早速ケアマネージャーの伊藤さんに電話をしました。徘徊防止対策に、踏んだらブザーが鳴るシートを教えてもらいました。午後に介護用品のレンタル業者が持っていくと約束してくれて電話を切りました。

隼也が残した朝ご飯を食べながら、母と他愛《たわい》ない話をしました。母はずっと昔話をしてましたけどいい思い出ばかり残っていてほっとしました。

認知症も人によっては近親者が加害してくると思い込む場合もあると聞きます。けど、前夜以降、母は熱心に隼也と私を見ては、「家族は仲良くしないといけないわよ」と言うようになったんです。

それまでは隼也のことを見て見ぬ振りをしていたのに、その日は熱心に遊びを教えていました。

午前中は何度も繰り返される母の思い出話を聞いて過ごしました。アルバムがあると言って、仏間に入っていった母が、困った様子で引き出しを片っ端から開けて中を物色し始めて驚きました。

「お父さん、翔《しょう》ちゃんの小さい頃のアルバム、どこにやったのかしら」

私の幼い頃のアルバムを母はとても大事にしていました。

一緒に仏間を捜していて、仏壇下の用具入れにアルバムがあるのを見つけました。

リビングのテーブルにアルバムを広げると、アルバムを囲んで写真について説明する母の言葉に耳を傾けました。

シールなどを使って、『翔ちゃんの誕生日』『翔ちゃんのお遊戯会』というタイトルを付けてありました。私が大学に進学するまでのアルバムがちゃんと残されていて、なんとなく気恥ずかしくなったものです。

でも、私のことを覚えてくれていて嬉《うれ》しかった。

何度も、翔ちゃんがこんなことをした、あんなことをしたと話す母はとても楽しそうに見えました。

昼ご飯を食べている最中に、伊藤さんがレンタル業者の人と訪問してくれました。

リビングのテーブルに畳んだシートを置きました。シートのプラグをコンセントに差して、ブザーが鳴るか試すと、結構大きな音が出ました。

シートをレンタルする契約書を業者と交わしたあと、伊藤さんが労《ねぎら》うように私に言いました。

「これで、家から出ようとしたら事前に分かるようになりますよ。徘徊は大変ですし、気疲れしてしまうから、少しは助けになるかもしれないですね」

伊藤さんと話していると、いつの間にか一時になっていて、三善さんが訪問してきました。

三善さんに前の晩のことを話したら、とても同情してくれました。

「それは大変でしたね。でもすぐに見つかって良かった！」

ひと晩経つと、私も冷静になっていて、「そうですね」と自然に言えました。

ようやく安心して眠ることができそうだと、伊藤さんと三善さんにお礼を言いました。

「佳子さん、とても健康で足腰が丈夫だから、たまにお散歩に行くのもいいですね。歩かなくなると、弱ってきますから」

と、伊藤さんがアドバイスをしてくれました。夜中に徘徊するのは、もしかすると運動をしてないせいで睡眠が浅いのかもしれないと、私も思ったので、伊藤さんのアドバイスはありがたかったです。

伊藤さんが私に向き直って、バッグの中からリーフレットを数枚出してテーブルに広げました。

「佳子さんに合ったデイケアを選べると思うんですが」と、リーフレットを見せながら、伊藤さんが提案してくれました。

側で正座している三善さんも頷《うなず》いていました。

母に合ったデイケアと言われても母がどんなことに興味を持っているか、愕然《がくぜん》とするほど私は知りませんでした。戸惑っている私を見て、伊藤さんが笑顔で、「今、ここで決めなくても大丈夫ですよ。佳子さんにも聞いてからにしましょうか」と言ってくれました。

明るい色で印刷してあるデイケアのリーフレットに母が興味を持ってくれるといいけどと、内心心配していたら、三善さんが明るく、ソファに座っている母に声を掛けました。

「少しお出掛けして、運動したりとか、歌を歌ったりとかしてみませんか？」

母は三善さんの提案に、「面白そうねぇ」と、案外、嬉しそうに呟《つぶや》いていました。

「家族みんなで行ったら楽しいわね」

三善さんが困ったように私を見てきたので、私は母に一人で行くのだと話しました。

「あら、それじゃあ、行かないわ。みんな一緒にいないと」

母は何を聞いてもずっと「みんな一緒にいないと」と言って聞かなくて、結局、今後どうするかは私が決めることになりました。

隼也を連れて買い物に行った帰り道、廃墟の前を通りました。隼也がじっと廃墟の門に目を向けていましたから、なんだかざわざわと胸騒ぎがしました。

隼也は何を見ているのか。隼也にとってそれは害意のあるものなんだろうか。そんな考えが頭に浮かんで、隼也の手を握る力が強くなるのが分かりました。

十歳の時の私は、あれが死ぬほど恐ろしかった。五歳の隼也はなんともないんだろうかって。

家に辿《たど》り着くと同時に三善さんと交代しました。三善さんが帰った後、茶菓子を用意しておやつにしました。

隼也を呼びましたが、リビングに隼也の姿がなくて、私はドキッとしました。まさか、また勝手に外に出たのだろうか。でもブザーは鳴っていない。

玄関ホールにある階段を上って、二階へ行きました。廊下に出ると、私の部屋のドアが開いていました。

ほっとしながら、ドアから部屋を覗《のぞ》いてみると、クローゼットの中に体を半分突っ込んで、隼也が何か物色していました。

玩具を探しているのかと思って声を掛けると、隼也がクローゼットから顔を出しました。

そして、何かを私に差し出したんです。一枚の紙のようでした。不思議に思いながら、紙を受け取ると、それは一枚の写真でした。

十センチ角の大きめのフィルムで、裏面には何も書かれておらず、少し黄ばんでいる。見たこともない家族の写真でした。やや褪色《たいしょく》はしていましたが、カラーのポラロイド写真でした。

そう、その場で現像されて画像が見られるっていうものです。昔、結構流行《はや》りましたよね。

どんな写真だったか？　そうですねぇ。

手前にピンボケした二本の棒のような影があって、その向こう側の家族にピントが合っていました。家族にフォーカスしているので、家族以外の風景は完全にぼやけて写っていました。

母親らしき女性と、その隣に高校生くらいの少女と中学生くらいの少年が、ダイニングテーブルに着いて、満面の笑みをカメラに向けている、一見とても幸せそうな家族写真でした。

ええ、見たことない、赤の他人でしたね。なんでそんなものが私の部屋にあったか、全く分かりませんでしたよ。

どこかで見たような気もしましたけど、どこで見たか、その時は思い出せなかったですね。

眺めていると、なんとも言えない不安が湧き上がってきて、なんだか急に気持ち悪くなって、汚いものをつまむように持ち替えました。

こんな写真をどこで見つけたのか訊《たず》ねたら、隼也はクローゼットを指差しました。納戸からおもちゃを出そうかと言うと、素直に頷いたので、多分、ゲームやお絵かきに飽きてしまったんでしょうね。

二階の納戸には、私が小さい頃に遊んでいた玩具《がんぐ》がしまってあるはずでした。下に降りて待っているように言うと、隼也は素直に返事をして、階段を降りていきました。

私はもう一度家族写真を眺めました。

幸せそうな家族。幸せな生活の一部を切り取った写真で、撮ったのは父親か誰かだろう、と考えました。

とりあえず母に聞いてみようと思って、ジーパンのポケットに差し込みました。

納戸に行って、ダンボールにマジックで書いたメモを見ながら、ようやく、「翔太おもちゃ」と書かれたものを見つけました。何歳の時の物かは分かりませんでしたけど、さほど気にしませんでした。

昔遊んだ懐かしい記憶に耽《ふけ》りながら、ダンボールごと一階の座敷に持っていきました。

リビングには、茶菓子を食べ終えて、ぼんやりとテレビを見る母と、その隣でゲームをしている隼也がいました。

隼也にダンボールの中にあった玩具を見せると、嬉《うれ》しそうに笑いました。

仏間で遊んだらいいよと言ったら、途端に、ゲーム機をテーブルに置いて、玩具を持ってドタドタと騒がしくリビングを出て行きました。

相当退屈していたようです。

その様子に、私は思わず笑っちゃいました。それから自分のお茶を注いで、母の隣に座りました。

ポケットに入れた写真を取り出して、母に見せました。

母が写真をしばらく見ていましたが、何も知らないのか首を傾げました。

「どなたの写真？」

私はガッカリして写真をテーブルの上に置きました。

母も知らない家族写真だったみたいです。

なんとなく気味の悪い写真に思えて。いつ誰からもらったかも分からないだけじゃなく、写真の中の家族が幸せそうに見えること自体が薄気味悪く思えてきて、私は写真をつまんでダイニングにあるゴミ箱に捨てました。

見たかった？　ええ？　あんな物見なくてもいいですよ。確かに気になるでしょうけどね。

まぁ、視界から写真が消えると、なんとなく不安な気分も軽くなったように思えました。

ただ、記憶に蓋《ふた》をしたような感覚になる写真でしたね。どこかで見たことがあるような、けれど懐かしくもない。できれば、手元に置いておきたくない写真でした。

もし、ここに写真があったら、本当に見てみたいですか？

二〇二四年五月八日（水）
メモ
2023/7/22ライブ配信
最凶心霊スポット凸動画　配信者行方不明
虎ロープの家で一人かくれんぼをしてみた
面白そう！　調べてみる価値あり
心霊スポット　虎ロープの家　5ちゃんねる掲示板
ダイくんを心霊スポットに誘ってみたけど、嫌みたい
おばけが苦手らしい。意外

鷹村翔太の証言　音声記録③

二〇二四年七月七日（日）　午後三時二十一分

すみません、遅刻しちゃって。面接が長引いてしまって。

この前、お話しした時は、母と息子の話ばっかりでしたね。あの廃墟《はいきょ》のことをこんなに話すのは初めてですよ。

うまく話せるか分かりません。何せずいぶん昔のことですから。


あれは、夏休みが終わって、高校二年の二学期が始まったばかりの頃だから、二〇一〇年のことかな？

当時十七歳の私は、あのことで親に反発して家出中でした。寝泊まりする場所に困っている私に、サッカー部のOBで、近くの大学に通う磯部《いそべ》先輩が声をかけてくれたんです。それで、二週間ほど世話になっていました。

先輩は駅裏の小さいアパートで一人暮らしをしてたんです。なんだか両親と折り合いが悪いと言ってました。

就活もうまくいって、単位も十分だと先輩は言っていましたけど、本当のところどうだったか分からないくらい、先輩は毎日ダラダラしていましたね。

毎日することなんかなくって、私も先輩と一緒になって九月の残暑にうだってました。

夜はエアコンがないせいで、特に寝苦しくて、時折涼む為に夜中にコンビニに行くこともありました。

居候しているあいだ、嫌な夢をよく見ましたね。内容は覚えてませんけど。

先輩に、フラフラと夜中にどこへ出掛けてるのかって聞かれたんですけど、記憶がぼんやりしていたので、適当にコンビニだと答えたら、それ以降しょっちゅう夜中に缶チューハイを買いに行かされましたよ。

その日も安アパートの先輩の部屋で、窓を全開にして、先輩は舞美《まみ》さんといちゃついてました。あ、舞美さんは私立女子高に通ってました。年上で先輩の恋人なんで、敬語でしたけど。

蒸し蒸しする部屋で、舞美さんが磯部先輩にぴったりくっついて、手に持ったキーホルダーを先輩の目の前に差し出したんです。

大きめの梅干しくらいの、でこぼこした菱形《ひしがた》で不透明なアクセサリーでした。

知ってます？　今でも、改良版が売られているらしいですよ。幽霊の種類によって青や赤に光る玩具です。

「見てみて。これ、なんやち思う？」

そんな感じで、舞美さんが少し甘ったるい語尾を伸ばした喋《しゃべ》り方をして、先輩に甘えてたんですね。いつものことなので、あまり気にしなかったですけど。

寝っ転がって漫画を読んでいるのを邪魔されて、先輩が迷惑そうに舞美さんの手を払いのけました。

「なんなん、邪魔やろ」

払いのけている割には優しい感じで、じゃれ合うみたいに手を絡ませて、先輩はデレデレ笑ってました。

「聞いてっちゃ。これさ、霊魂探知機ってゆうんち。略してレイタン。これをさぁ、試してみたいんよ」

舞美さんがおねだりする時の甘えた顔つきで、先輩に言ったんです。

「じゃあ、この部屋でやってみたらいいやん」

「うーん、そうやない。そういうことやなくて、心霊スポットに行って、試してみたいんよ」

先輩がはぁっ？　て感じで眉《まゆ》を顰《ひそ》めました。

「心霊スポットォ？」

「ねぇ、いいやろう？　この近くにさぁ、あるやん。最凶心霊スポット」

舞美さんが先輩の肩に顔を乗せて、しなだれるように抱きつきました。

「最凶っち、あそこしかないやん？」

それを聞いて、落ち着かなくなって心臓がドキドキしてきました。

最凶心霊スポットとは、あの廃墟のことなんです。

私が中学生になる前から、学校中であの廃墟は噂の的でした。

元々連続殺人鬼の住処《すみか》だとか、一家惨殺事件があったとか、呪われているとか、とにかく不吉なことの代名詞に使われるくらいには有名だった。

いいえ、誰もあの廃墟の持ち主の名前を知りませんでした。とにかく虎ロープの廃墟は肝試しに格好の場所だったんですよ。

そうなんです、あそこ、ずっと虎ロープで封鎖されてるんですよね。だから、私が高校生の頃は「虎ロープの家」とか言われてましたね。

不法侵入は取り締まるのが当たり前な今では考えられないですけど、あの廃墟の玄関はいつも鍵《かぎ》が壊されていて、入り放題だったんです。

さすがに、私があの廃墟で騒ぎを起こした後は鍵がかけられたらしいんですが、そのたびにだれかが壊して侵入して、また鍵がかけられるけど、すぐにだれかに壊されて、が続いたせいで、とうとう放置されるようになったらしいです。

小学生の頃、私が入り込んだ時は内装が綺麗《きれい》に維持されていた廃墟も、この頃にはかなり荒らされたらしくて、窓ガラスが割られていたり、壁中に落書きをされたり、すっかり変わり果てていると聞いていました。

私が恐ろしい目に遭って病院に運ばれたのが小学校中の噂になったせいか、中学生になっても廃墟の肝試しに誘われることはありませんでした。反対に何があったか聞かれる始末で。

さすがに高校生にもなると、何も知らないクラスメイトから廃墟に肝試しに行こうと誘われることが多くなりました。

最凶と言われる理由ですか？　子供って大袈裟《おおげさ》な呼び名を付けて、自分が行ってきたことを誇張したいものじゃないですか。それでじゃないですかね？

当時流行《はや》っていた風水に詳しいヤツは、「路殺《ろさつ》っていう、丁字路に家を建てたら、住人が不幸になって、ばんばん死んでしまう凶相の家だ」とか、オカルトが好きなヤツは「新興宗教の施設だった。呪いの儀式に使われた」とか、言いたい放題でしたね。

でも、実際に人が死んでいるのは確かなので、母などは私の件もあってか、あの廃墟のことを酷《ひど》く嫌っていて、早く取り壊してほしいと、当時から文句を言ってましたね。

その廃墟に行って、レイタンを試したいと、舞美さんは言うんですよ。

本当に、正気の沙汰《さた》じゃないですよね。でも、口に出して言うことはできませんでした。私に発言権なんてなかったし、ましてや先輩は好意で私を置いてくれているから、文句のひとつも言えない感じで。

先輩はすっかり舞美さんの膝枕《ひざまくら》でメロメロでしたし、私は必死に漫画を読んでいる振りをしました。変に興味を示したら、嫌でも誘われる気がして。

「最凶心霊スポットかぁ。でも、幽霊見たヤツっておるん？」

「見たっちゅう人、おるみたいよ」

噂でしか聞かないあやふやな目撃情報を口にする舞美さんが、自信なさそうでしたけど、ムキになって言い張りました。

レイタンを試して霊がいることを確認したいという人間に、本当に「いる」と信じているヤツはいないと思っています。信じている人間はレイタンなんか使わなくても信じているし、レイタンのライトの色なんて気にしない。

乱数で光る色が変わるだけの玩具にそんな能力はないと思いますよ。

私はレイタンを使いたいという舞美さんを、心の中では馬鹿にしていました。

それにどうせ先輩も同じ穴の狢《むじな》です。舞美さんが行きたいと言うなら、いいよと言うでしょうし。霊の存在なんて信じていないから、心霊スポットに行く気が起こるんですよ。

霊の存在を信じている人間が、霊の存在証明の為に心霊スポットに行くなんて、正気の沙汰じゃない。

私ですか？　もちろん霊を信じています。レイタンなんか使わなくても、廃墟に霊がいることを知っているからです。だから、行く気はさらさらなかったですし、あの恐怖を二度も味わいたくないと思っていました。

「あそこ、友達から聞いたんやけど、十五年くらい前に、まじで一家惨殺事件があったんやって」

舞美さんが得意げに言いました。

噂では一人娘がレイプされて殺されたとか、他にも遠くからわざわざやってきて自殺する人間が後を絶たないとか。確かに過去に何度か自殺者が実際に出たらしいです。

後から分かったことなんですが、十歳のときのあの日、廃墟《はいきょ》で私は自殺した人と遭遇したんです。死体を見たショックでひきつけを起こした、と周囲は思っているようでしたけど。

確かに十歳の子供に死体は衝撃的だったと思います。だったら、押し入れで見たものは何なのか。私に「完璧《かんぺき》な家族になろう」と囁《ささや》いた存在は何なのだろうと考えると、今でも怖くて震えが来てしまいますよ。

「知っとう知っとう。殺された女の霊が出るんやろ？　見たら呪われるち有名やん」

「やけさぁ、ほんとに出るか、見てみらん？　レイタンも試したいしさぁ」

甘えてくる舞美さんに、先輩は鼻の下を伸ばして頷《うなず》いていました。

「分かった分かった。行くかぁ。でも昼間やのうて夜行かんか？　昼はさすがに幽霊出らんとちゃうん」

舞美さんが唇を尖《とが》らせて、可愛いと思っているのか、小首を傾げて考える素振りを見せました。

「いいよ。夜行こ」

私は、ますます漫画に夢中だという振りをしました。

「翔太、おまえも来るんちゃ。分かっとーな、これは命令やぞ」

私は先輩を見ず、黙って頷きました。嫌だと言っても殴られはしないでしょうが、代わりに追い出されることになるのは、正直勘弁してほしかったですし。

ようやく夜中の十二時近くになったんで、コンビニで買っておいた懐中電灯を持って、歩いて十五分の場所にある廃墟に三人で向かいました。

駅前の繁華街を通り過ぎて、ポツンポツンと立っている防犯対策の街灯が、道を照らしていました。でも弱い照明でできる濃い影のほうが暗くて、街灯の意味なんてありませんでした。

駅前の公園を過ぎてしばらく歩くと、丁字路に差し掛かりました。

先輩が懐中電灯を点《つ》けて、目の前の廃墟を照らしました。

虎ロープが張り巡らされている門は、七年前のままでした。ボロボロになった門扉は傾いていて、とにかく怖くて異様な雰囲気を呈していました。

唯一、変わったといえば、売り家と書かれた張り紙がなくなっていました。持ち主は売ることを諦《あきら》めたんでしょうね。

ああ、はい。持ち主、宍戸《ししど》さんって言うんですよ。お会いしたんですね。

本当になんで、ほったらかしなんですかねぇ。売れないんでしょうか。

うーん、あそこについては、あなたに話すのが初めてなので。しかもトラウマですし。

そんなわけで、廃墟を目の前にして、やっぱり足がすくんでしまいました。

「何しよん。行くぞ」

何も知らない先輩が、私が怖がっていると知ってニヤニヤ笑っていました。舞美さんも、「怖いん？　まじで？」と馬鹿にしたように私を見ていました。

「幽霊なんちおるわけなかろうが。来《き》っちゃ！」

先輩風を吹かして、乱暴に私を呼ぶ様子は、まるであのときのクラスメイトのようで。

仕方なく私は震える足を拳《こぶし》で叩《たた》きながら、虎ロープの前まで来ました。

「早よ来ぃち、ゆうとろうが！」

私がなかなか虎ロープを潜らないことに苛《いら》ついたのか、声がだんだんと荒っぽくなってきました。

私は目をつぶり、七年ぶりに廃墟の虎ロープを、思い切って潜ったんです。

先輩が玄関の割れたガラスの格子戸を、ガラガラと酷《ひど》い音をさせて思い切り開きました。それでようやく、ひと一人通れるくらいの隙間ができました。

家の中が見えた途端、全身に冷たい汗が噴き出るのを感じました。

隙間をすり抜けて、先輩がずかずかと入っていく後ろを、舞美さんがついて行きました。

舞美さんはポケットからレイタンを取り出して、早速ボタンを押していました。

ピカピカと白い光が明滅した後、まるでルーレットのように青緑赤と順番に光ると、レイタンが赤色に点《とも》りました。

「見てみてぇ！　赤やん。悪霊がおるんかな？　怖いぃ！」

その割には、舞美さんは楽しそうにはしゃいでいました。レイタンの反応に興味がない先輩が呆《あき》れた様子で舞美さんに、「早よ、来《き》っちゃ。そんなん中でいくらでもやったらいいやん」と、入るように催促していました。

「なんなん、面白ない」

淡泊な先輩の態度が不満だったみたいで、舞美さんがぼやいていました。

二人とも全然、怖くないようでした。私は格子戸の中に入るだけで、橋の上から飛び降りるバンジージャンプみたいに勇気を振り絞ったっていうのにね。

なんとも言えない重苦しい思いで、玄関の内側を見ました。備え付けの靴箱や三和土《たたき》は昔のままでしたけど、壁にはスプレーでいろいろとくだらない落書きがされていました。

壁紙は湿気で半分剝《は》がれ落ちているし、床に食べ物のゴミやペットボトル、コーヒーの空き缶が散乱していました。七年前はゴミなんてなかったので、持ち込まれたゴミがめちゃくちゃ目立って見えました。

玄関を上がった床には砂埃《すなぼこり》が溜《た》まってましたけど、先輩と舞美さんが踏み荒らしちゃって、足跡だらけでした。

靴のまま上がると、ガラスの欠片《かけら》が靴底でジャリジャリと音を立てました。

舞美さんが先輩の腕にすがりついて、危なっかしく廊下を左に曲がりました。先輩が半分開いたドアから中を覗《のぞ》いていました。

「洗面所か」

私も後に続いて覗き込みました。あの時驚いて確かめることができなかった部屋は洗面所だったんですね。割れた鏡がドアの正面に据えられていたから、入ったらすぐに自分の姿が映るんだって気付きました。当時、怖いもののひとつだった蠢《うごめ》く影が、ただ自分を映した鏡像だったんです。ドキドキしていた心臓が少し落ち着きました。

だからこそ、あの時点で降参して、廃墟を出ていれば良かったんだとしみじみ思います。

本当の恐怖はこんな鏡ではなくて、私が座敷で体験した、他人に説明することも難しい存在との遭遇だったんですから。

先輩や舞美さんがはしゃぎながら、レイタンの光に一喜一憂しているのが、半分うらやましく思えました。

「風呂場《ふろば》は青。守護霊やったけ、超安全」

「この部屋は二つとも緑やけ、幽霊はおらん」

そんなことをお互いに話しながら、あの頃の自分と同じルートを辿《たど》っている。

突き当たりを左に曲がると、広いＬＤＫのドアがある。ＬＤＫには座敷があって、その押し入れに逃げ込んだ。あのときのことは嫌でも、よく覚えています。

先輩がドアを開けて中に入りました。

私は思わず、口で息をしました。けど、あのとき嗅《か》いだ悪臭はもうしませんでした。

埃とカビの匂いが充満していて、ダイニングに転がった椅子がなんだか寂しげだった。

落書きがあちこちにあるし、リビングのサッシのガラスが割られていて、外からの熱気で部屋の中は気持ち悪くなるくらい蒸していました。

二人は、ダイニングとキッチンの引き出しを開けながら、何かないか探っていました。反対に、私はドアのところで足が固まって、動けなかった。

落書きとしーんとした静けさと、人の気配がしない部屋を目の当たりにして、家自体が死んでいるという印象を受けました。

先輩と舞美さんが、水の出ない蛇口を弄《いじ》って遊んでいるのが見えました。心霊スポットを楽しんで、すっかり慣れてしまっているようでした。

私がドアのところにいると、先輩が手招きして私を呼びました。

「早よ来っちゃ。なん突っ立っとるんか。おまえは座敷、見りっちゃ。押し入れに何かないか見てみりぃ」

そう言われて、私は口から心臓が飛び出そうなくらいゾッとしました。突然吐き気がしてきました。多分、あの時吐いていたから体が覚えていたんでしょうね。

「早よ、せぇ！」

先輩が声を荒げて私に命令しました。

どうしようもなくて、私は恐る恐る座敷に上がって、ふすまの前に立ちました。

荒れ果てた室内に比べて、押し入れだけ異様に綺麗《きれい》で、落書きもされていませんでした。ふすまの引き手に手をかけて開けようとしましたけど、金縛りみたいになって動けませんでした。

「赤に光っとるね」

「この部屋全体に悪霊がおるんかな」

舞美さんが、座敷に上がって、レイタンをかざしながらうろうろ歩き回り出しました。

「この部屋、超ヤバい。ずっと赤のまんまやん」

私はゆっくり体の向きを変えて、後ろにいる先輩達を振り返りました。

「邪魔」

先輩が私を押しのけて、押し入れのふすまを全開にしたんです。

私は見ていられなくて、顔を背けました。押し入れの下段、その奥にあるどろっとした闇を見るのが怖かったんです。

「なんなん、これ？」

予想外の声に私は目を開けて、先輩の背中を見ました。

「写真やん」

先輩がくるりと振り向いて、手の中の一枚の写真を眺めていました。

「なんなん？」

舞美さんも不思議そうに写真を覗き込んでいます。

「誰？　この人達」

先輩が手にしている写真は、形からしてポラロイド写真に見えました。

「見てみ」

先輩がぐいと写真を私の目の前にかざしました。あんまり近過ぎて、思わずのけぞりました。

写真には、手前にピンボケの影があって、その向こう側のテーブルには母親らしき女性と、隣に少年少女が座っていて、満面に笑みを浮かべて写っているものでした。下手くそな家族写真で、元々は鮮やかなカラーだったんでしょうけど、日に焼けたのか色褪《いろあ》せていました。

ええ、そうです。あのポラロイド写真でした。

舞美さんが先輩の手から写真を取って、ニヤニヤ笑っていました。

「これさ、持って帰ってあいつらに見せる」

戦利品としていつもつるんでいるヤツらに見せびらかすつもりだったんでしょう。

「ぼちぼち帰ろうか」

見るものは全て見終わったと、先輩がしらけた様子で言いました。

「何もないやん。つまらん。まじで霊とかおるんか。レイタン、当てにならんな」

「別にいいやん。見えんだけでおるかもしれんやん？」

舞美さんの言葉に、先輩がにやっと嫌な笑い方をしました。

飽きて帰るかと思ったら、いきなり、ダイニングに転がっている椅子を蹴《け》り飛ばして、叫んだんです。

「おう！　幽霊、おるんやったら返事せんか！　隠れとらんで出てこいやぁ！　出てこんなら、くらすぞ、くらぁ！」

その後、先輩は上気した表情で楽しそうに笑って、何度も椅子を蹴りながら、見えもしない霊を挑発するように怒鳴りました。

「もぉ、あんた、うるさいっちゃ」

舞美さんが呆れたようにぼやいていましたが、彼女もつまらないと思い始めたのか、帰ろうって言い出しました。

「なんなん？　もういいんか？」

「もぉ、いい。飽きたし」

それを聞いて、心の底からほっとしました。先輩が怒鳴りながら家具を蹴り飛ばしているのを見て、気が気じゃなかった。悪寒が半端なかったですし。空気もじっとりと重くなって、カビ臭さがますます酷《ひど》くなってきてたので。

走って逃げたいのと、さっきから酸っぱいものが込み上げてくるのを我慢して、先輩が「帰る」と言うのをずっと待っていました。

「じゃ、帰るか」

それを聞いて、入ってきたドアではなく、玄関に出る引き戸まで走っていって、先輩より先に外に出ました。

気持ち悪さが頂点に達して、玄関先の茂みに向かって吐いていると、先輩が、「なんや汚いなぁ」と言い放ちました。

私が嘔吐《えず》いているのを尻目《しりめ》に、二人はさっさと廃墟の門から外へ出て行きました。私は吐くものがなくなって落ち着いてから、逃げるように虎ロープを潜って道路に出ました。

恐る恐る振り返って、廃墟《はいきょ》を見上げました。その途端に尾てい骨から背筋を這《は》い上がるように悪寒が走りました。叫んで逃げなかったのは奇跡に近かったですけど、こんな奇跡は二度とごめんですね。

ようやく先輩のアパートに帰ってきたのは、午前三時近くでした。

先輩は帰ってきてから、ずっと写真を眺めていました。あんな気味の悪い家族写真の何が良くて執着しているのか分からなかった。

しかも、先輩はスマホを取り出して、写真をカメラで撮りだしたんです。影ができないように角度を気にして、何枚も撮っている。

それを舞美さんが横目にしながら、自分のスマホを眺めていました。

「なんしよーと？」

「あ？　これ、ツイッターに上げようち思って」

「へぇー」

舞美さんがスマホを置いて、先輩のスマホを覗《のぞ》き込みました。

「誰も見らんのやないん？」

「バズるかもしれんやろ。よし、アップした。[redacted]町の最凶心霊スポットで見つけた心霊写真、っと」

「心霊写真やないやん」

先輩の嘘八百を、舞美さんがケラケラと笑って冷やかしていました。

そこで先輩が嬉《うれ》しそうな声を上げたんです。

舞美さんが、何々と言いながら、先輩のスマホを覗き込んだら、先輩が興奮した様子で言ったんです。

「えらいファボが付いとーぞ」

「ほんとやん」

二人がスマホを眺めながら、はしゃいでました。その横で、私は得体の知れない恐怖に、震えていました。

朝起きると、先輩は手にスマホを持ったまま寝ていました。結局、先輩は朝までツイッターに張り付いて、例の画像がバズるのを楽しんでいたようでした。

そのうち先輩と舞美さんが起き出して、私にニヤニヤ笑いながら言ったんです。

「なぁ、あの写真、どうなったか聞きたいか？」

とても自慢したそうだったんで、私は興味がある振りをして、先輩の言葉に頷《うなず》きました。

「これ見てみ」

画面の投稿をよく見ると、すでにファボが二万を超えていました。

「あと、これも見てみり」

スマホの画面をスクロールして、ツイートのリプライを見せてくれました。

私は先輩のスマホを受け取って、画面をよく見てみました。

画像の色調を弄《いじ》っているものや、何にもなさそうな箇所をアップにしているリプライが数え切れないくらいありました。そのほとんどに何かが写っていると書いてあったんですよ。

ポラロイド写真をスマホのカメラで撮っているので、スマホの情報以外画像には残っていない。だから、粗いＪＰＥＧ画像に見えもしないものを見てしまうのは仕方ないことです。

でも、色調補正してある画像には興味が湧きました。

手前に写ったピンボケした二本の棒の正体が、少しはっきりして凹凸も見えたんです。

それは宙に浮いた足でした。

なんで手前に、空中に浮いた足の裏が見えるんだろうって、二の腕まで鳥肌が立って、思わず先輩のスマホからツイッターの投稿を削除していました。

何故消したか？　分かりません。人に見せたらいけないとその時は思ったんでしょうね。

案の定、先輩が、私が削除したことに気が付いて摑《つか》みかかってきました。

「なんじゃきさん、なん勝手に消しよるんか！　ざけんな！」

先輩にいきなり殴られて、必死に顔を庇《かば》いました。

「ちょ！　なんしよん！」

さすがの舞美さんも驚いたらしくて、私と先輩の間に割って入ってきて、先輩をなだめようとしてくれました。

「なんしよーと。あんたも、なん勝手に消しよーと」

舞美さんも、どうやらバズった画像のことが気に入っていたようで、私を非難がましく睨《にら》みつけてきました。

気が済むまで私を殴った先輩がフローリングに投げ出されたスマホを拾って、文句を言いながら、結局もう一度画像を添付してツイートしたんです。

もし次もツイートを削除したとしても、写真を持っているのは先輩なので、無駄骨、殴られ損ということです。

当の先輩と舞美さんはひっつき合って、改めて投稿した自分のツイートを眺めているようでした。

あんなものを何万人、何百万人の目にさらすのは倫理的にどうかと思いますよ。私も自分のスマホでこっそり先輩のアカウントを確認しました。色調補正された画像をもう一度見たかったからです。

私と同じ考えに行き着いたアカウントが、すでにいくつかリプライで二本の棒について指摘していました。通報で削除されてしまうのも時間の問題じゃないかって思いましたね。

先輩は画像に気を取られて、廃墟から持ち帰った家族写真に興味を無くして床に放置していたので、その写真をポケットにこっそり隠しました。先輩の見ていない隙にどこかに捨てようと考えたんです。

やっぱりピンボケした二本の棒は、足に見えました。それとも足に見えるものが、偶然撮られたんでしょうか。

その足は一体誰のものなんでしょうね。私は家族の一人ではないかと思いました。写真には母親らしき女性と少年少女が写っていました。素直に考えるなら、その家族写真には父親が欠けているんですよ。

さらに、気のせいでなければ、その写真はあの廃墟で撮られたもののような気がしました。アングル的に座敷からダイニングにカメラを向けて撮ったように思いました。その途中に足があると考えると、足があるのはリビングの可能性が高い。

他にもリプライには、幽霊が写っているというのもありました。背景の暗がりにいるらしいんです。その箇所を赤丸で囲んでいるアカウントもありましたが、点が三つあると人の顔に見える、シミュラクラ現象と同じ気がしました。

どうしてそう思ったか、ですか？　確かに私は幽霊を信じてますけど、何でもかんでも信じるわけじゃないですよ、さすがに。

コントラストだけでなく、もっと細かく画像を弄ったリプライもあって、背景の暗がりに凹凸があるのを指摘していました。色はあくまでも真っ黒で、どんなに色調を弄っても黒から色が変わることがなかったらしいんです。それは普通に考えてありえないことで、不自然な影なんだそうです。

凹凸がある漆黒の影。それも天井に届くほど背が高い。でも、周囲に人が立っている様子も、光源もない。

写真をカメラで撮った画像なら、一次媒体の情報がないので、これ以上は調べようがないと書かれていました。確かにその画像は写真をカメラで撮ったいわば二次媒体です。写真とカメラのレンズの間に他の情報が入り込めば、一次媒体の情報は歪《ゆが》められて、私や他の誰にも写真が持つ情報は伝わらない。

今でこそそんなふうに考えられますが、当時の私にそんなことは分からなかった。元凶の写真を捨ててしまえば、自分が感じている恐怖は収まるだろうと信じていたんです。

二度目のツイートには、さほどファボやリツイートもされなくて、リプライもなかったので、そのままタイムラインに埋もれていきました。通知が来なくなったことでねちねちと文句を言われましたけど、夕方には、先輩もおとなしくなっていました。

ただ、その夜から先輩の様子がおかしくなったんです。

舞美さんが帰った午後八時頃から、ずっと、スマホで撮った画像を眺めながら、先輩が、「俺にも撮れるち思うんちゃねぇ」って言い出したんです。

気になって先輩に訊《たず》ねました。

「これ。これよりめっちゃスゲェ写真撮れるち思うんよ」

これとは、あの家族写真のことでした。

「これ、心霊写真やったやないか。心霊写真、俺も撮れるち思うんよ。あの廃墟《はいきょ》やったら、俺でも撮れるんやないかな」

とんでもないことを呟《つぶや》く先輩に対して、私は気味悪い生き物を見るような気持ちになりました。訳の分からない冗談としか思えなかったですね。

本当にあの廃墟に行って写真を撮るのかと何度も聞き返しました。

「これよりスゲェ写真を撮るんやから、行くに決まっとろうもん」

先輩が行くということは私も連れていかれるのではないか、そう考えただけで胃が痛くなってきました。だから、絶対行かないって反射的に言っちゃったんです。思わずムキになって怒鳴っていました。

先輩は私を見下すような目を向けて、馬鹿にしたみたいに笑いました。

「怖いんか？　おまえ、吐いとったもんなぁ。しょんべんチビるくらい、あそこが怖いんやろ。おまえが行かんでも、俺は行く。マジモンの心霊写真撮ったら、またバズらせちゃるけ」

そう言う先輩の目は、私ではなく、焦点がずれていて、どこか遠いところを見ているようでした。

ええ、そのとおりです。すっかりおかしくなってたんでしょうね。

その夜、先輩は本当に廃墟に出掛けちゃったんです。一体何を撮ろうとしているのか分かりません。家族写真に取り憑《つ》かれたのか、それともあの廃墟に取り憑かれたのか。

明け方になる頃に先輩は帰ってきて、そのまま布団に寝っ転がって寝てしまいました。

それまで平日の昼間はなんだかんだ大学に通っていたのに、パソコンを開いて企業からの就活関連のメールを見ることもしなくなって、何百枚も撮った廃墟の画像を目を皿のようにして見つめ、黙々と何かを探しまくっている。

一枚一枚見終わる度に、「くそっくそっ」って呟いていて。時々、私を振り向いて、「なぁ、見ちゃらんか。どれかに幽霊写っとるはずなんよ」と頼んできましたが、画像を見たくなくてすぐ断りました。

うーん、先輩の心霊写真より、廃墟そのものが怖いんですよ。だから内部が写っている画像を見られるわけがなかった。見ないで済むなら、臆病《おくびょう》者と言われても平気でした。

だから、あの写真も二人がいないときに、ハサミで切り刻んで捨てちゃいました。

そのうち、先輩は昼間もふらりと出掛けるようになりました。夜も昼もどこかに出掛けていくんですが、多分行く先はあの廃墟だろうって手に取るように分かりました。

先輩は割合身なりには気を遣っていて、そこそこ顔のいい男でしたが、廃墟に通うようになってからは、手入れしていた髪はボサボサで、髭《ひげ》もろくに剃《そ》ってなくて、いつ服を着替えたかも怪しい感じでした。

時々違う服を着ていましたけど、それは舞美さんが無理やり先輩に清潔な服を着せたからでした。

舞美さんが遊びに来ても、先輩はパソコンに取り込んだ画像を眺めていて、相手にしようとしませんでした。

何度舞美さんが呼びかけても、見向きもしない。

夜中にふらっと出掛けて帰ってきては、パソコンに取り込んだ画像に幽霊が写ってないか探す。思い出したように廃墟に出掛けていく。そんなことを繰り返して、多分、食事や寝ることもおろそかになっていたと思います。

舞美さんは泣きそうな顔で、先輩の後をついて回るようになりました。さすがに私も心配になって、舞美さんと先輩の後をつけましたけど、廃墟をスマホで撮っている先輩の様子がとても鬼気迫っていて、舞美さんは門の前に立ちすくんでいました。

「幽霊写るまでここに通うん？　このままじゃ、亨《とおる》ちゃん、死ぬんとちゃう？」

私はそうですねとも言えず、だからと言って、先輩を止めることもしませんでした。

私の、そのうち飽きるという気休めの言葉を、舞美さんは信じたい様子で自分に言い聞かすように呟いていました。

「そうだよね、うん、きっと飽きちゃう」

けど、やっぱり舞美さんは納得できなかったようで、口も利いてくれないし、相手もしてくれない先輩に、ある日とうとうキレちゃったんです。

「なんなん！　あたしよりあんな幽霊屋敷のほうがいいっちゆうん？　あんたはあたしの彼氏やんか。なんで、彼女が遊びに来とるのに、無視できるん！」

私にも、舞美さんの言いたいことは理解できます。幽霊だろうが、何だろうが、あの廃墟に価値があるとは思えません。寝食を忘れるような魅力があるとも思えない。

先輩のパソコンのデスクトップには、数え切れないほどフォルダがあって、それが全部、廃墟の内部の画像でした。

今なら廃墟写真家って言うんでしょう？　そういう人が撮るような情緒やロマンのあるものじゃなくて、ただあちこち無造作に撮りまくっている。夜は懐中電灯の明かりとスマホのフラッシュだけで撮っているようで、ほとんどの画像がぶれまくっていて、素人より酷《ひど》い有様で。

昼間の画像は何枚も押し入れを撮ったもので、同じようなものがいくつもありました。それを、飽きもせずツイッターに投稿しているんですよ。

ファボやリツイートも最初のうちは、ひとつふたつ付いていたんですけど、そのうち何の反応もなくなってしまいました。唯一、舞美さんだけが先輩の投稿に、お義理でファボをしている状態でしたね。応援というより好きだから無視できなかったんでしょう。どちらにしても、ファボが付こうがリツイートされようが、関係なくなっていました。先輩は機械的に画像をツイートする。そして、廃墟へ出掛けて新たに画像を撮ってくる。

少しずつ廃墟に居座る時間が長くなっていって、朝出掛けると、夜中まで帰ってこなくなりました。

さすがにこれはおかしいと気付きました。けど、もう手遅れだとも思いました。完全に廃墟に取り憑かれている。それともあの家族写真がきっかけなのだから、あの写真に取り憑かれたんでしょうか。

それは先輩が珍しく私に話し掛けたときに確信しました。

「なぁ、完璧《かんぺき》な家族になるっちなんやと思う？」

聞いた途端、背筋に冷たい水を垂らされたみたいに、ゾワッと鳥肌が立った。反射的に知らないって答えたんですけど、その言葉を忘れることなんて、この七年間ありませんでした。

幼い頃、私の耳元で囁《ささや》かれた言葉。暗闇から聞こえてきた言葉です。知らない振りをするのが精一杯でした。

「分からんかぁ」

先輩は空《うつ》ろな目つきで、残念そうに呟きました。

「おまえ、俺の家族にならんか」

嫌だと、私は冷たく言い返しました。

「そうかぁ」

その日、先輩は午後六時に廃墟に出掛けて、朝になっても戻ってきませんでした。

結局、三日経っても帰ってこないので捜索願を出そうとしたんですが、警察から血縁者でないと受け付けられないと言われました。

このまま、先輩のアパートに居座り続けることもできない状況になってしまって、仕方なく、自分の家に戻ることにしました。

家出するきっかけについて、私は親にまだ自分の思いを話していませんでした。だから、やけくそになって家を出てしまったことが気まずくて、なかなか玄関のドアを開けることができませんでした。

昼過ぎだったと思います。玄関前のアプローチでもじもじしていると、隣の家のおばさんにばったり出くわしたんです。

「あら！　どうしたの、その顔！」

さすがに理由を言えなくて口ごもりました。

「ケンカ？　お父さんとお母さんを心配させたら駄目よ。鍵《かぎ》、忘れたの？　お母さんいないのかしら？　うちで待つ？」

　ここに越してきたときからお世話になっているお隣のおばさんが、心配そうに声を掛けてくれたんです。

　家出したなどとは言えませんでした。話をしていると、どこか気まずくて居心地が悪くなってきました。

　おばさんは首を振る私を心配そうな顔で見て、自分の家に入っていきました。

　何事もなかったみたいに家に入ればいいだけなのに、それができなくて、十五分かそのくらい悩んで、結局、母の携帯に電話をしました。

　実は、家出している間、親から何度も着信があったんですが、消音にして無視していたんです。家族のメールも既読にしなくて、通知も切っていました。自分が家出したことに対して、親がどういうふうに対処したのかも知らなかった。

　親になって思うんですけど、夜中になっても我が子が帰らなかったら、私ならすぐに警察に連絡して、捜索願を出しますね。私の親もそうしたんですから。

　二週間ものあいだ、警察に見つからなかったのはたまたまだったと思います。親からしたら何の連絡もなく、理由も分からないまま、いきなり息子が姿を消したら、気が気じゃなかったでしょう。だから、電話口で怒鳴られて叱られてもそれは当たり前でした。

「どこに行ってたの！」

電話口の声とは別に玄関まで響く母の声が聞こえてきて、叱られているにもかかわらず、なんだか滑稽《こっけい》だと思っちゃいましたね。

「今どこにいるの」

鍵は持っていましたが、どんな顔をして家に入ればいいか分からずにいました。

「ちょっと待ってなさい!」

母がバタバタと足音を立てて玄関に向かってくる音がして、電話が切れた後、ドアが開かれました。

泣きはらした目元が赤くて、顔を顰《しか》めていました。私の前で泣くのを我慢していたのかもしれません。

私の無惨な青痣《あおあざ》だらけの顔を見た母が驚いていました。

「誰にそんなことされたの!」

何て言ったらいいか分からなくて、私はぼそぼそと謝るしかありませんでした。

「ごめんじゃない!」

そう言って、ぺちんと軽く頭を叩《たた》かれた。

「早く入りなさい。ご飯はちゃんと食べてたの? おなか空《す》いてるんじゃないの?」

それに一々答えていたら、ダイニングに連れていかれました。多分、ちょうど昼食を取ろうとしていたんでしょう。私は母の遅い食事の最中に帰ってきたみたいでした。

「これ、食べて」

言われるがままに、山盛りのごはん茶碗《ちゃわん》を受け取って母の煮物を頬張っていると、なんだか無性に泣けてきて。インスタントラーメンじゃない、母の味がしました。

「今から卵焼きも作るから、それも食べて」

血が繋《つな》がっていなくても、母は母だった。

夕方、連絡を受けて急いで帰ってきた父に、どこにいたのかとかたくさん聞かれて、素直に答えました。

本当は一発殴られてもおかしくなかったと思います。でも、先輩に殴られて、腫《は》れて青痣ができた顔を見たら、父も殴る気が失《う》せたんでしょう。反対に心配されたので、実は世話になった先輩が行方不明になったと告げました。

それでも、私はあの廃墟《はいきょ》に行ったことだけは黙っておきました。十歳の頃にあんな目に遭っておいて、またあの廃墟に行くなんて、自分でも正気の沙汰《さた》と思えませんでしたし。

父に、家出の理由を聞かれて、養子の件がショックだったことを話しました。両親はしんみりとした表情を浮かべて、私に謝ってくれました。

今考えると、両親が謝る必要などなかったと思います。それなのに、父から、驚かせて悪かったと言われました。

私がどんなに頑張って調べても、実の母親が亡くなっていては、生みの親がどうして自分を養子に出したのか、知る手立てはありませんでした。

本当のところ、私自身、生みの親のことを知りたいと思っていたのか思い出せません。父から聞いた事実がショックだったのだと思います。たったそれだけのことで、要は私の気持ちの問題でした。

「もし、どうしても納得がいかないなら、父さんも頑張って、おまえの肉親を捜してみるよ」

肩を強く摑《つか》む父の手を振り払うこともしないで、分かったと言い続けるしかなかった。今の私なら、はっきり両親に、「父さんと母さん以外に親はいないから」と言えるでしょう。

でも、それは親になったからこそ思う言葉なんでしょうね。

意固地に黙り込んだりしなかったせいか、両親は一応安心したようで、警察に電話をして、捜索願を取り下げたんです。

私が家に戻って二日経った頃、舞美さんからメールで連絡がありました。

舞美さんに、先輩が廃墟に行ったきり帰ってこないと、伝えてなかったことを思い出して、そのことをメールに書きました。

『あの心霊スポット？　わかった』

舞美さんに返信しても、それきりメールはありませんでした。

それからはつつがなく毎日を過ごしていました。サボっていた高校にも登校したし、両親が高校にも連絡をしていたので、当たり前ですけど、生活指導の教師に厳しく反省させられました。

二週間休んだ分の授業の遅れは、必死に頑張って取り戻しました。

停学処分にならなかったのは運がいいのか、親のおかげなのか分かりません。元々素行が悪いわけじゃなかったので、見逃してもらえたんでしょうね。

修学旅行にも行って、日常が戻ってきた頃、舞美さんからメールが来ました。

『公園に来て』

どんな用事なのかは書かれていませんでした。舞美さんとの接点だった先輩はもういません。それなのに、舞美さんがどうして私に連絡を取ろうとしているのか理解できませんでした。

私は指定された夕方の時間に、廃墟の近くの公園に向かいました。

ベンチに座って待っている舞美さんの姿を見つけました。舞美さんは、制服姿で学生鞄《かばん》を脇に置いて、スマホを弄《いじ》っているようでした。

声を掛けると舞美さんが顔を上げて私を見ました。すっかりやつれて頬がこけている舞美さんに、私は軽く同情しました。

ただ、それまでバングルくらいしか手首に付けていなかったのに、今や、一体いくつあるか分からないくらい、パワーストーンか何かの数珠《じゅず》を腕に巻き付けてました。

「お久しぶりです」

私は気の抜けた挨拶《あいさつ》をしました。

「ここじゃ、なんやけ、ちょっと付き合ってよ」

スタスタと歩き出した舞美さんの後ろを付いていきました。


最初から嫌な予感はしてました。

相変わらず、廃墟の門には虎ロープが張り巡らされていました。塀からはみ出した枝の葉がすっかり茶色く変色していて、廃墟の周囲だけ温度が一度下がった気がしました。まだ冬でもないのに、肌寒さに身震いしました。

舞美さんはためらいもしないで虎ロープを潜って、玄関から中に入っていきました。私が迷っていたら、玄関の中から、「早よ、入ってきっちゃ！」と怒鳴られて、仕方なく虎ロープを潜りました。

以前、先輩達と連れだって、レイタンを試す為に来た時と比べると、まるでずっとここに住んでいたかのように、舞美さんはリビングに続く引き戸を開けたんです。

廃墟の中の温度が一気に凍えていく。それなのに、額と首回りにじっとりと脂汗を掻《か》きました。

リビングに入って思わず声が出ました。

床に散乱していたゴミが綺麗《きれい》に掃除されて、ワックスがすっかり剝《は》がれたフローリングが剝《む》き出しになっている。その床に、等間隔に円を描くように置かれた、甘い匂いのする太いろうそくに火が点《とも》されていて、何やら怪しげな図形が赤いペンキで描かれていました。

私は、その狂気じみた光景に圧倒されて立ち尽くしていました。

「今、亨ちゃんを呼んでるとこなんちゃ」

意味が分からなくて、じっと図形をただ眺めているしかなかった。

「あたしは、亨ちゃんはここにいるっち思うんちゃ」

だから先輩を図形と呪文《じゅもん》で呼び出すって言うんです。

「あたしが唱えたら真似して唱えて」

私はたじろぎました。こんな訳が分からない変なものを目の前にして、素直に言うとおりにしていいことなんてひとつもない。

「レイタンもここに置いて、赤になったら、浄化の呪文を唱えるんちゃ。で、色ごとに呪文が違うけ、気ぃつけてよ」

私が黙っているのを勘違いして、舞美さんがポケットから紙切れを取り出しました。

それを、私に差し出してきた。

私は一歩下がって断りました。舞美さんが先輩を呼び戻したいのはよく分かった。ただ、呪文だの、気味が悪い図形だの、それが理解できませんでした。

「あんたさぁ、亨ちゃんに散々世話になったくせに、大事なところで嫌っちゆうの、裏切り者やないん？」

後輩なら先輩の心配をしろと、詰め寄られました。

見つかってほしいけど、こういう怪しいのは無理だと言ってやりましたよ。

「まじ、信じられん。もういい、あたしだけでやる。亨ちゃんをほんとに心配してるの、あたしだけやね。亨ちゃんの友達もみんな、裏切り者や」

恨みがましげに、舞美さんはブツブツ言ってました。

私は帰りたかったんですけど、さすがに舞美さんを置いていくのは気が引けました。

もちろん、帰ろうと説得しましたよ。だけど、ますます訳の分からないことを言い出して、正直困り果てました。

「いろいろ調べたんっちゃ。この世から消えた人間を呼び戻す呪文と魔方陣を、ネットで見つけて、めっちゃ高いお金出したんよ。効かんわけないやん。保証もしてもらったし。儀式を始めて、まだ一日しか経っとらんもん。効果が出るまで続けないけんの」

私も意地になって舞美さんに、いつ効果が出るのか、どんな効果なのかって問い詰めました。裏切っているわけじゃない。どうしても、そんなやり方で先輩が見つかるとは思えなかったからです。

先輩がもしも普通に失踪《しっそう》しただけなら、舞美さんがこんな変なことに嵌《は》まっても、見て見ぬ振りをしたかもしれません。

でも、ここでこんなことをするのは危険な気がしたんです。舞美さんが特別好きなわけじゃなかったですけど、無視するほど嫌いでもなかった。

だから、やめたほうがいいとだけ忠告したんですよ。

案の定、舞美さんはヒステリーを起こしました。

「なんなん！　人がせっかくすごい方法見つけたのに、絶対亭ちゃんが見つかる方法見つけたのに、なんで、馬鹿にされないけんの！」

私は馬鹿にしてないと舞美さんに弁明しました。

「馬鹿にしとるやない！　こんなん効かんち思っとるやない！」

それは本当のことだったので、私は黙って、舞美さんが落ち着くのを待ちました。

しばらく怒鳴り散らしていた舞美さんが、へなへなとへたり込んで、泣き始めました。

「だって、亨ちゃん、あたしになんも言わんでおらんくなるはずないやん」

今度は泣き落としかと、私は内心うんざりしました。けど、舞美さんが本気で泣いているのを見ると、少し可哀想に思えてきました。

つい、終わるまで舞美さんの側にいるって言っちゃったんです。

改めて、部屋の中を見回しました。

外はすっかり暗くなっていたし、窓は開け放たれて、割れたガラス越しに見えるのは、隣の家の明かりも通さないくらい茂った木々で、もちろん部屋も真っ暗でした。ろうそくに照らされて、薄ぼんやりと部屋の中が見えましたが、部屋の隅にまでは、さすがにろうそくの灯火だけじゃ無理でした。黒い、闇の塊みたいなものが、部屋の隅に人の背丈くらいに積もっているように見えました。

明かりがあるのに、この廃墟の薄気味悪さは少しも無くならない。余計に、照らされずに闇に包まれている座敷やキッチンの影が、ひたすら私の恐怖心を煽《あお》ってきました。外から聞こえるザザッと枝葉の揺れる音や、パキッと響く枝を踏む乾いた音、落ち葉を踏みしだく足音、木造の乾燥した柱が鳴らすラップ音。たくさんの音が静かにしていると聞こえてきて、ますます緊張してきました。部屋中から音はしているのに、物音ひとつしない森の中に置いてけぼりにされたような心細さを感じました。

舞美さんが必死で呪文を唱えていましたけど、水の中で喋《しゃべ》っているような聞き取りづらい声でした。静けさに声が紛れていくという表現しようもない不気味さ。時折家中を取り巻く不穏な物音に、舞美さんのぼそぼそ呟《つぶや》く声はかき消されてしまう。私は生きた心地もしないまま、ただただ舞美さんを見ていました。

三十分、一時間、とうとう八時を過ぎましたが、舞美さんは疲れたりしないのか、一向に呪文を唱えるのをやめようとしませんでした。

さすがに家出をしていた身なので、これ以上ここに留《とど》まって親を心配させるわけにはいかないんで、舞美さんの呪文を遮って、帰ると言ったんです。

舞美さんは私を無視しました。結局、顔も上げなかった。

私は急いで廃墟を後にしました。虎ロープの外に出ると、あれほど冷えた空気が嘘のように、蒸し暑く感じられました。

廃墟と外とでは温度の肌感覚が違いすぎる。今まで掻いていた冷たい脂汗が、やけに気持ち悪くて、ぶるっと体が震えました。

家に帰ると、夕飯を作って待っていた母にこっぴどく叱られましたよ。しかも、これをきっかけに、しばらく母にどこに出掛けるとか、まめに報告しなければならなくなったんですよね。


私は、これで舞美さんからの連絡はなくなると、勝手に思い込んでいましたが、それは間違いでした。

この日を境に舞美さんから、鬼のようにメールが来るようになったんです。少しでも同情したことを後悔しました。

あの廃墟にしつこく誘ってくるんです。もうすぐ、先輩に会えそうだって、メールをしてくるんですよ。ありえないですよ、本当に。

どうして舞美さんは先輩があの廃墟にいると思い込んでいたんでしょうね。それに、あの廃墟の何が、先輩を惹《ひ》きつけたんでしょう。先輩はなんであんなに廃墟の写真を撮ったんでしょう。あの廃墟に何があるっていうんでしょうね。

舞美さんがどんなにしつこく誘ってきても、無視しました。何度もあの廃墟に足を運んだんです。それで充分でした。私には、あの廃墟に先輩や舞美さんほど惹きつけられるものを感じない。むしろ、避けて通りたいほどなのに、舞美さんの送ってきたメールに、私は凍り付いたんです。

『完璧《かんぺき》な家族になるために、子供作らん？』

私はすぐに、もう二度とメールをしてくるなと返信しようとしました。ポンという音がして、舞美さんから画像が送られてきた。それはカメラで撮ったような画像でした。

それを見た途端、私は血の気が引いたんです。

舞美さんが送ってきたのは、あの家族写真だった。

私が切り刻んで捨てたはずの家族写真を、なんで舞美さんが持っているんだって。

分かりきっていましたが、舞美さんにどこにいるのか、メールを送りました。やっぱり、あの廃墟にいるって返事がありました。

私はあの写真をどうにかしなければと考えて、燃やしてしまおうと心に決めました。

廊下の小さな納戸を漁《あさ》ってバーベキューで使うライターを持って、玄関に向かいました。

「どこ行くの」

バタバタ走り回る足音を聞きつけた母が、廊下に顔を出して問いただしてきました。

コンビニだと嘘を吐いて家を出て、急ぎ足で廃墟に向かいました。

時間は六時を過ぎたあたりで、街灯がまばらに立っている道を走って、廃墟がある丁字路を目指しました。道の先にある廃墟は夕方の薄暗がりの中、虎ロープだけがやけに黄色く発光しているように見えました。

門の前で、私は深く息を吸って気持ちを落ち着かせてから虎ロープを潜りました。玄関の、ガラスの割れた格子戸が開け放たれていました。家の中へ土足で上がって、目の前の引き戸を引いたんです。

以前、舞美さんに連れられて入ったとき、リビングには火が点《とも》されたろうそくがありました。けど、今は一本もろうそくはなくて、真っ黒な闇に包まれていました。

どこに舞美さんがいるのか分からなかったので、スマホの明かりで辺りを照らしました。リビングにもダイニングにもシステムキッチンの陰にも隠れてはいなかった。

私は声を掛けながら、今度は座敷に上がりました。座敷に上がった途端、心臓がドキッとなって苦しくなった。じっとりと脂汗が首筋に浮かんできて、尾てい骨がびりびりと震えてきたんです。嫌な予感がしました。

あのときの恐怖が口から漏れてきそうでした。叫びたくなる気持ちをぐっと我慢しながら、私は閉め切られた押し入れのふすまに手を掛けました。

開けたくない気持ちと開けなければという気持ちがせめぎ合っていました。何度も目をつぶり、息を整えるんですけど、体が硬く強《こわ》ばってくるのが分かりました。吐き気がして、喉《のど》の奥に酸っぱくて熱いものが込み上げてきました。

逃げ出したい。本当は舞美さんなんか放っておきたい。それなのに、どうしても舞美さんを、廃墟から引きずってでも連れ出そうと考えていたんです。

私はぐっと目を閉じて、思い切りふすまを開けました。

恐る恐る押し入れの中を薄目で見たんです。かすかな息づかいが聞こえてきて、視線を下げました。

下の段の押し入れに、舞美さんが丸まっていました。

私は息を飲んで一歩下がりました。

下着姿の舞美さんがスマホの明かりに照らされて、闇に白く浮かび上がって見えました。両手に写真を持って、ブツブツ、「完璧な家族になろう」って呟いていました。

私は乱暴に、舞美さんの手から写真をむしり取りました。

舞美さんがポカンと口を開けて私を見上げていました。目の焦点が全然あってなくて、本当にヤバいって思いましたよ。

もぎ取った写真に、持ってきたライターで火を点《つ》けて、目の前で燃え上がるのを見守りました。

燃えカスになった写真を畳に落としてスニーカーの靴底で踏みにじってやりました。

火が消えて、黒く灰になった写真を、舞美さんは生気のない目で見ていました。でも、そのうち顔が険しくなってきて、ヒステリックに叫びだしたんです。

「なんしよーと！　なんで燃やすと！　ふざけんな、ふざけんな！　なん考えとーと！」

私は必死で、ここはヤバいから出ようと、舞美さんを説得しました。

「嫌だ！　まだ亨ちゃんが来てない！　まだここに来てないぃぃぃ！」

舞美さんの腕を無理やり摑《つか》んで、押し入れから引きずり出しました。

そしたら奇声を上げて、ひっくり返って暴れちゃって。

私はすっかり怖くなって逃げ出したんです。

ケラケラと甲高い笑い声が、私の背中を追って来ているように感じて、必死に走って家に帰りました。

家の玄関に逃げ込んで、はぁはぁと息を切らしながら、耳を澄ましました。

背中に張り付いたように聞こえていた、舞美さんの笑い声はもうしなくなっていました。


それから、舞美さんからのメールは途絶えました。胸騒ぎがしたけど確かめる術《すべ》もなくって、それっきりになってしまった。舞美さんは何に魅入られたんでしょうね。あの後、一体どこへ消えてしまったんでしょうか。

今でも思いますよ。あの気味が悪い廃墟《はいきょ》に住んでいたのはどんな人間だったんだろう。荒らされてボロボロになった廃墟に、あの霊はまだいるんでしょうか。

二〇二四年五月二十日（月）
メモ
YouTube　動画　臼井家皆殺し事件　（決定！）
宍戸篤について調べること
博多ラーメンマン　DM済
期待大
旧宍戸邸　住所？　現地取材　（重要）
かなり面白そうな事件。うまく小説に出来るだろうか。不安
どこまで真実を入れる？
プロットを組み立てよう。まだ取材不足かな？
ダイくんに、アドバイスをもらおうかな。怖がってくれたら大成功！

宍戸勇二氏　訪問取材　音声記録
二〇二四年六月十五日（土）

――このたびは取材をご快諾いただき、ありがとうございます。

「いやぁ、謝礼をもらったら、やっぱりきちんとせないけんから。悪いね。で？　篤のことやろ、何でも聞き、答えちゃるけ」

――では、お言葉に甘えて。臼井家皆殺し事件は非常に有名ですが、宍戸篤が事件を起こした発端は何だと思われますか？

「そりゃ、あんたも想像ついとーと思うけど、やっぱり、無理心中が原因やち思っとーよ」

――宍戸篤の家族が心中したきっかけを教えていただけますか？

「きっかけは篤の父親、俺の兄貴やけど、会社が倒産したんが良くなかったっち思っとー。篤が少年院におった時の記録があるらしいけぇ、それを見たら分かるんとちゃうか？」

――記録というと、一家心中の後、宍戸篤が入院中に書いたとされている日記もあるらしいですね。

「されとるっちゆうか、実際に書いとーとよ。俺が篤を引き取ったけ、持っとーだけやけどな。あんたが欲しいっちゆうなら、譲っちゃるけぇ、持って帰って読んだらいい。あんなん気持ち悪くて、手元に置いときたくないけぇ」

――去年の行方不明事件の他に、同じ頃、無理心中事件があったと聞きましたが。

「そうなんよ。無理心中しようとしたらしいんやけど、未遂で終わったっちゆうやつやね。えらい腹が立ったけ、慰謝料払わしたが。なかなか売れん土地やのにさらに価値が下がった。ここら辺であそこ買おうっちゆうヤツがますますおらんようになったが」

――その人物がどういった経緯で旧宍戸邸を選んだかご存じですか。

「そんなん知るわけないやろ。そんなん聞きたかったら、そいつの電話番号、教えちゃるけ、直接聞いたらいいんやないか。前に、そいつから一回電話があって話をしたんやけど、親が入るとかなんとか難癖つけて、あの家のことに口出ししよったし。自殺しようとしたんも当てつけやろうな」

――本日は、貴重なお時間をいただきまして、ありがとうございました。

宍戸篤の手記
一九九三年三月一日〜一九九三年五月五日

三月一日　晴れ

先生から心に思ったことを何でもいいから書いてみたらって言われました。

あの家のことを書こうと思います。

作文は苦手だけど、覚えてることを書きます。


お父さんが、新しい家を建てることにしました。ぼくが小学六年生のときだったと思います。

前に住んでる家から、新しい家が建ったら引っ越すことが決まりました。

新しい家が建つ空き地に連れていってもらいました。

お父さんはロープで囲ってある空き地に立って、ここはリビング。ここはお姉ちゃんの部屋。隣にぼくの部屋って、教えてくれました。新しい家のことを話すお父さんは、いつもみたいに怖くなかったです。

お母さんもずっとニコニコしてて、嬉《うれ》しそうでした。お姉ちゃんも、自分の部屋が持てるって、喜んでました。

お姉ちゃんと部屋が別々になるのはすごくさびしかったな。でも来年になったら、中学生になるから、一人でも平気にならないといけないと思いました。

ぼくは、暗がりとか夜とか、とても怖いです。嫌な夢を見たときはいつも、お姉ちゃんといっしょに寝てもらいました。

そのたびに、小学六年生になったのに、まだお姉ちゃんといっしょに寝るの？　って、お姉ちゃんにからかわれました。

ぼくは、新しい家に引っ越すまではいっしょに寝てくれるようにお願いしました。そしたらお姉ちゃんがいいよって、言ってくれたのでとても安心しました。

三月二日　くもり

ぼくは空き地の外をいろいろ見てました。

空き地は、ちょうど道のどんつきにあります。さっき、建築士のおじさんがこういう道をていじろって言うんだって教えてくれました。空き地の外側に大きな木が生えていました。枝に葉っぱがたくさんついてて、木かげができるくらい立派でした。

でも、お父さんはその木を切るって言ってました。他にもていじろの真ん前に門と玄関を作って、空き地の中に立ってる縦長の石はじゃまだからどけるって言ってました。

でも、おじさんが、門と玄関は違うところにしたほうがいい。あの石はいしがんとうって言って魔よけになるから、どけないほうがいいって言ってました。

お父さんは、そういうものは迷信だー！　って、大きな声でおじさんをどなりました。お父さんは命令されるのが嫌いです。会社の中で一番偉い、大きな会社の社長だからです。このときも、仕事がうまくいって十数億円もうけたと、自慢してました。

十数億円なんて、ぼくには想像もできないくらいすごい金額だけど、そのおかげでお父さんはとても機嫌がよかったんです。お父さんが優しいとお母さんも笑顔になります。いつもみたいになぐったりしないのがいいです。

横を向いたらお姉ちゃんと目が合いました。ぼくと同じことを考えてたのか、お姉ちゃんがにやりと笑いました。

お父さんが地ちん祭もしなくていいって大きな声で言ってました。今の時代と合わないとか、土地の神様なんて存在しないとか、バカにしていました。おじさんにいもしない神様を信じてるなんて人間としてどうかしてるって、どなってました。そんなものは人間の判断力をにぶらせるっていう難しい言葉も聞こえました。

他にも何を言っているのか耳を澄ましてると、お姉ちゃんがひじでぼくの脇腹を押してきました。

お父さんは仏だんを拝まないし、ゆうれいを信じてないって、お姉ちゃんが言ってきました。ぼくはお父さんに聞こえないように、うんって答えました。

お父さんが聞いたら、ものすごく怒られるからです。ちょっと冷や汗が出てきて、ぼくはこっそりお父さんを盗み見しました。

お姉ちゃんが、大丈夫、お父さんには聞こえない。それに機嫌がいいから、お母さんが一番嬉しそう。でも、そう言うお姉ちゃんだってとっても嬉しそうでした。

いつもは元気がないお母さんが、楽しそうに歩いて空き地を見ています。

急に、強い風が吹いて帽子が飛びそうになって振り返りました。

そしたら、ロープの向こう側のまっすぐな道に黒いかげろうのような影が立っていました。じっと見てたら、黒いかげろうみたいな影はいしがんとうにぶつかって消えました。目を擦《こす》ってもう一度見たけど、どの道にも、かげろうなんてありませんでした。まるで黒いかげろうみたいな影が空き地に入ってこようとしてるみたいでした。

不安になったぼくは、隣にいるお姉ちゃんの手を握りました。お姉ちゃんがぼくを見て、同じくらい強く握ってくれました。

ぼくはお姉ちゃんが大好きです。ぼくのことをわかってくれるのはお姉ちゃんだけだからです。

今日はここまでにします。

三月三日　晴れ

いつも、お父さんの機嫌を気にしているお母さんは、不幸そうに見えました。だからお母さんが笑顔でいられるなら、何でもしてあげようって、お姉ちゃんと決めました。

お母さんは口ぐせのように、お姉ちゃんと仲良くしてね。ケンカはダメっていつも言います。ぼくとお姉ちゃんは、絶対にケンカなんてしません。

だから、うんって答えるようにしてます。

お姉ちゃんは、ぼくにいつも優しくて、仲良くしてくれました。お姉ちゃんがいなかったら、ぼくは外にも出られなかったです。

ぼくはいつも何かが怖いと思ってました。怖くて家から出ることができない日もありました。いろいろなことが本当に起こりそうで、怖かったです。

お母さんはたまにぼくを病院に連れていきました。そこで、白い服を着た先生と話をして、また来週来てねって言われて、家に帰りました。なんで病院に行くのか、お母さんは理由を教えてくれません。

きっと、ぼくがいくじなしだから、いつか、その病院で頭の手術をされるんじゃないかって思ってます。なんとかの巣の中とか、そういう映画を見たことがあったからです。

先生、あの映画、本当のことですか?

三月四日　晴れ

今日はあの家に引っ越してきた日のことを書こうと思います。

働きアリみたいに引っ越し業者の人達が荷物を持って、行ったり来たりしていました。その様子を、ぼくはながめてました。

お父さんは仕事でいませんでした。お母さんは張り切って、引っ越し業者の人達にあれしてこれしてと言ってました。

お姉ちゃんが窓から顔を出して手を振っているのが見えて、ぼくも手を振り返しました。

新しい生活に、みんながワクワクしてるのがわかりました。

近所の人たちが見に来てました。みんなこんなに大きな家に誰が住むのか、知りたかったのかもしれないです。

隣の家のおばさんが、ぼくに、どこから引っ越して来たの。兄弟はいるの。いろいろ聞いてきたので、ちゃんと答えました。

そうしたら、おばさんが、いしがんとうをどかしたのって、聞いてきました。確か、建築士のおじさんが言ってたヤツだって思い出しました。

いしがんとうを立てたほうがいいって、おばさんに言われました。お父さんがゆうれいとか信じてないから無理だろうなって思いました。

新しい家は本当に広かったです。

玄関を入ってすぐお姉ちゃんの部屋。その隣がぼくの部屋。奥にお母さんとお父さんの部屋。たくさん部屋がありました。

リビングの座敷には、お父さんは拝まないけど、仏だんが置いてありました。

リビングには、大きなスクリーンが壁にかけてあって、その真ん前に大きなソファが置いてあります。お父さん用のソファです。

キッチンから、リビングとダイニングがよく見えました。ダイニングには、新しく買ったダイニングテーブルがありました。

昼過ぎくらいに、ようやく引っ越しが完了しました。

ダイニングテーブルに座ったぼく達に、お母さんが紅茶を入れてくれました。買ってきたお菓子をテーブルの上に出しました。

おなかが空《す》いていたから、ぼく達はおぼんのお菓子を食べながら、たくさんおしゃべりをしました。

気がつくと夕方になっていて、お母さんは慌てて車で買い物に行きました。大きな冷ぞう庫いっぱいに買い物をするのかもしれないです。きっと夕飯はごちそうだと思いました。

お姉ちゃんとぼくはお菓子を食べながら、今日のごちそうがなんなのか、当てっこをしました。

でも、お母さんのことだから唐あげを作るより、お父さんの好物を作ると思いました。

ぼくもお姉ちゃんも明日《あした》になったら近所を探検しようって、ウキウキしました。

お姉ちゃんは、全然知らない子ばかり通う中学校の二年生に入る予定でした。ぼくもおんなじ中学に入学する予定でした。

明日、駅前に行って、ゲームセンターがあるか、見ておこうって思ってました。

でも、明日になる前に、お姉ちゃんが散歩しようって言ってきたので、すぐに賛成しました。

たくさん書いたので、続きは明日にします。

三月五日　くもり

おやつを食べた後、散歩に行きました。

家の前のどんつきを、右に進むとだんだん家が少なくなってきました。すごく田舎みたいでした。

家の前の道をまっすぐ行ったら駅に着きました。

駅前の様子にガッカリしてしまいました。ゲームセンターがなかったのがものすごくショックでした。

落ち込んでいたら、お姉ちゃんに勉強したらいいよって言われました。

勉強して、お姉ちゃんといっしょの高校に通ってほしいって言われました。

頭が良くないからわからないって言ったら、ぼくはかわいいから頭が悪くても得をしてるって言われました。

お姉ちゃんのほうがものすごくかわいいのに、ぼくのほうがかわいいらしいです。ぼくは男なので、かわいいって言われてもあんまり嬉《うれ》しくなかったです。

お姉ちゃんはぼくをいつも子供みたいに扱います。もう中学生になるんだから、あんまり子供扱いされたくありませんでした。

明日は引っ越してからのことを書きます。

三月六日　くもり

この日はとても怖いことがありました。

お母さんとお姉ちゃんは町へ買い物に出かけていって、ぼくは留守番をすることになりました。

ぼくはだれもいないのをいいことに、お父さん用のソファに寝そべってマンガを読んでました。最初は夢中になってマンガを読んでたけど、だんだん眠くなってきました。

寝てたら、ピンポーンピンポーンと鳴っているのが聞こえました。チャイムの音がなんだか調子っぱずれのような気がしました。

音がやまないので、少しずつ頭がはっきりしてきました。

荷物が届いたのかな？　何だろう？　って思いました。ぼくはインターホンの通話ボタンを押しました。

返事がありませんでした。もう一度、なんの用？　って聞きました。やっぱり返事がありませんでした。

ぼくは通話を切って、ソファに戻ろうとしました。

もう一回、ピンポーンピンポーンと鳴って、ぼくはびっくりしました。

今度はずっとチャイムが鳴ってました。すぐに話しかけました。

少し大きめの声で聞いても、何にも聞こえてきませんでした。だんだん腹が立ってきて、返事がないから通話を切ってやりました。

今度は、真うしろから、ピンポーンピンポーンって大きく聞こえてきました。ぼくは、急に怖くなりました。

でも怖がるといくじなしだから、いたずらをする犯人を捕まえてやろうと思いました。

リビングの引き戸を開けて、玄関を見ました。ガラスから黒い人影みたいなものが透けて見えました。

強盗とか殺人鬼かもと、すぐに不安になりました。お客さんなら、名前を言うはずだからです。

ぼくは玄関を開けないで、お姉ちゃんの部屋に行きました。音を立てないように静かに窓を少し開けて、外をのぞいてみました。

玄関を見たら、黒い影が立ってました。

ほんとに頭のてっぺんから足の先まで真っ黒でした。その真っ黒い影が、こっちを見ました。のっぺらぼうのそいつがものすごく怖い笑顔になった気がしました。

気がついたら、ぼくの目の前に黒い影の顔がありました。黒くて大きなうずを巻いた穴でした。口が勝手に悲鳴を上げて、ぼくは急いで窓を閉めました。すぐに部屋から走って逃げました。

ヤバいヤツだと思いました。犯罪者とかじゃなくて、おばけだったらどうしよう。顔を見られたから、ぼくは殺されるかもしれないって怖くなりました。あんなヤツがいるなんて思いませんでした。あんなヤツがいるってわかってたら、絶対にインターホンに出たりしませんでした。

ぼくはリビングのソファに隠れました。玄関にはカギがかかっています。窓だって閉めたはずだと思ったけど、本当にちゃんとカギをかけたか思い出せなくて、中に入ってくるんじゃないかって怖くなりました。
見つかったら殺されると思って、隠れる場所を探しました。座敷の押し入れのふすまを開けて下の段にもぐりこみました。中のものを押しのけながら、奥へ隠れました。
じっと静かにしてると、玄関のほうからベタベタベタベタとはだしで床を走り回るような音がしました。だれかがきいきい声を上げているのが聞こえました。ものすごく高い笑い声でした。笑い声といっしょに何か叫んでました。耳を澄まして何を言っているか聞き取ろうとしたら
ハイレタッ!
耳元で笑ってるみたいなかん高い声がして心臓が止ま怖い怖い怖い怖い怖い怖い怖い
怖い怖い　怖い怖い怖い　怖い怖い　怖い

三月七日　雨

昨日の続きから書こうと思います。
昨日はすごく怖くなって途中で書くのをやめました。
怖くて目をつぶっていたら、ぼくを呼ぶ声が聞こえてきました。目を開けたけど、目

の前が真っ暗で、手と足をバタバタさせたけど、体を動かせなくて、心臓がバクバクしてました。

お姉ちゃんがぼくを探してる声が聞こえました。そしたら、ふすまが開いて、お姉ちゃんが怒って立ってました。部屋を散らかしたこととか、お父さんに怒られるとか、たくさん文句を言われました。

やっと自分が押し入れの中にいることを思い出しました。それから、あの真っ黒い影のことを思い出して、体が勝手にブルブルしてきました。

お姉ちゃんが、ぼくの様子がおかしいって気づいてくれました。心配そうにぼくを見ました。

ぼくはすぐに黒い影のことを話しました。怖かったから、夢中でした。家の中に入ってきたって言いました。

お姉ちゃんが、どろぼう？　と聞いてきました。

あれってどろぼうだったのかな？　でも真っ黒で顔がないどろぼうっているのかな。よくわからないけど、とにかく家の中に入ってきたことを話しました。

お姉ちゃんは立ち上がって、キッチンにいるお母さんのところへ走って行きました。

ぼくは押し入れから、それを見てました。

ぼくは気絶してたみたいです。よつんばいで座敷に出て立ち上がろうとしたけど、ヘロヘロになってしまいました。

あのとき、何が家の中に入ったんだろう。ハイレタッ、っていうかん高い声を思い出して、体がブルブルしてきます。今でも怖いです。

ぼくはものすごく怖いものを家に入れてしまったのかもしれないって思いました。

三月九日　くもり

ちょっと思い出すのに時間がかかりました。

お父さんが、また帰ってこなくなりました。

ぼくが変なものを見た日から、もう三ヶ月も帰ってきません。こんなに長いこと帰ってこなかったのはめずらしかったです。

お母さんはごちそうを作って、お父さんが帰ってくるまで待とうって言って、夜の十時過ぎるまで待ちました。

ぼくもお姉ちゃんもおなかが空《す》いて、黙って食べようかってこそこそ話をしました。

結局、夜遅くなってしまったから、ぼく達の分を違うお皿に取り分けてもらって、二人だけ先にご飯を食べることになりました。

夜の十二時近くになって、眠くなったぼく達は先に寝ることにしました。

お母さんはずっといすに座ったまま、お父さんの帰りを待っていました。

家を建てたばかりなのに、あんまり帰ってこないのはちょっとおかしかったです。

普通は嬉《うれ》しいし、ぼく達に自慢したくて帰ってくるって思いました。

お姉ちゃんは眉《まゆ》をひそめて、また女の人のところにいる、お母さんがかわいそうって怒ってました。前にも同じことがあって、お母さんは毎日泣いてました。

ぼくがお姉ちゃんを見たら、落ち込むなって、変顔をして笑わせてくれました。今も時々笑わせてくれます。

怖かったら、いっしょに寝ていいよって言ってくれました。大丈夫ってお姉ちゃんに答えました。

お姉ちゃんの気持ちが嬉しかったです。本当はこのあいだの黒い影のことを思い出して、一人でいるのが怖いし、口に出すのも怖くて、何があったのか、まだ説明してませんでした。

お姉ちゃんに励まされて、少し気持ちが落ち着いてきました。ドアを閉めて、ぼくは布団に入りました。

三月十日　晴れ

すごく怖いことが起こるようになったことを書きます。

毎日、はだしで廊下を走り回ってるみたいな音がしました。ぼくは変なものが入ってきた日のベタベタという足音を思い出して怖くなりました。

布団をかぶって、じっとして隠れました。

お姉ちゃんの部屋のドアが開く音とお姉ちゃんの声が聞こえてきました。ぼくは頭の中で、来ないで！　って強く考えてました。

お姉ちゃんが廊下に出てきたら、足音も消えました。お姉ちゃんがぼくの部屋のドアをノックしました。

うるさいから寝られないって、お姉ちゃんの文句が聞こえてきました。

ぼくはそれがお姉ちゃんかどうかわからなくて、布団をかぶったままブルブルしてました。

入るよって、ドアを開ける音がしました。ぼくは叫んで、いっしょうけんめいダメだって言ってました。

足音を立てて、お姉ちゃんが入ってきました。

大丈夫？　って布団の上からお姉ちゃんが、ぼくの体をポンポンとしました。

どうしたの？　って優しくお姉ちゃんが言いました。本物のお姉ちゃんだと安心しました。

ぼくは布団をめくって、顔を出しました。

だれもいませんでした。

ぼくは叫んで、布団を体に巻き付けて、ベッドのすみに丸まりました。

ドアは開けっぱなしになってました。だからだれかが入ってきたんです。それなのにだれもいなかったんです。どうしよう、逃げなくちゃって思うんですけど、どうしても体が動かなかったんです。

廊下からお姉ちゃんに、うるさい！ってどなられました。ものすごく怒っています。でも、またあの変なヤツかもしれません。お姉ちゃんのまねをする何かだって思いました。

お姉ちゃんの声がぼくの名前を呼びました。

ぼくは叫んで、顔を隠しました。

ぼくの肩をつかんで揺すって、何回もぼくの名前を呼んでいました。

怖かったけど目を開けてみました。

本当のお姉ちゃんが心配そうにぼくを見てました。

ぼくは汗だらけで、布団で寝てました。

目の前のお姉ちゃんが、心配してくれました。

ぼくは喉《のど》がからからでした。

お姉ちゃんが、いっしょに寝ようって言ってくれました。

ぼくは水を飲みたいから、いっしょにリビングについて来てって頼みました。一人でいるのが怖かったからです。そしたらお姉ちゃんもいっしょに来てくれました。

ダイニングの照明がついていて、テーブルに突っ伏して寝ているお母さんがいました。時計を見たら朝の四時でした。お父さんは帰ってきてませんでした。

ぼくはごくごくと水を飲みました。

お姉ちゃんはお母さんの肩を揺さぶって、起こしていました。

ベッドで寝るようにお姉ちゃんがお母さんに言ったら、お父さんが帰ってくるかもしれないからここにいるって、お母さんが言いました。強情なお母さんは放っておくことにしました。

ぼくはお姉ちゃんの部屋に行って、いっしょに寝ました。

三月十一日　くもり

たくさんいろんなことが起こったので、覚えてることだけ書きます。

その日から家の中で、怖いことがたくさん起こり始めました。

お姉ちゃんはしょっちゅう名前を呼ばれるらしいです。声はぼくやお母さんのまねをしたり。だれかが入ってきたのかと思って振り向いたら、勝手にドアが開くところを見たり。カギをかけたら、ドアノブをガチャガチャと回されたりしたらしいです。

廊下を走り回る足音がするのは当たり前になりました。二階なんてないのに、足音が屋根裏をゆっくり、部屋のすみからすみまで歩いていったこともありました。

きっとこれは黒い影がやってるんだって思って、お姉ちゃんに話しました。お姉ちゃんもそうだねって言ってくれました。

お母さんはダイニングテーブルのいすに座って、ずっとぼんやりしています。前にお父さんが帰らなくなったときと同じだけど、ご飯だけは作ってくれます。家事の大半をお姉ちゃんとぼくが手伝いました。お母さんは何もしたくないみたいでした。

お母さんのことは放っておこうって、お姉ちゃんが言いました。

家がだんだんおかしくなっていきました。ものすごく不安になりました。リビングとダイニングの大きなサッシから見える庭の木が、今まで平気だったのに怖くなってきて、カーテンを閉めてほしいってお願いしました。お姉ちゃんはいつもぼくのお願いを聞いてくれました。なんとなく、お姉ちゃんも、うちで何かが起こってるのに気づいてるみたいでした。

あんまり良くないことがたくさん起こっていました。

三月十五日　晴れ

思い出したらものすごく腹が立ってきました。お父さんが大嫌いです。

引っ越してきてから半年たったくらいでした。学校から帰ってきてリビングの引き戸を開けたら、お父さんがソファに座ってました。

壁にかけた大きなスクリーンで、お父さんは野球を見てました。

ぼくは小さい声でおかえりと言いました。観戦中にあんまり大きな声であいさつしたら、お父さんの機嫌が悪くなってしまうからです。

お父さんに無視されました。この日はなんだか機嫌が悪いみたいでした。

お父さんを見てたら、ぼくの横から黒い影がニューッと伸びて、お父さんの頭にかぶさりました。びっくりしてたら、真っ黒いゴキブリみたいにざわざわ動いてました。そのうち黒い影がお父さんの頭に吸い込まれていきました。見間違いかもと思って、目をこすってよく見たけど、黒い影はいなくなってました。

あの黒い影は、いつもうろうろしてる黒い影と同じヤツかもしれないです。

お父さんのうしろを横切ってダイニングにいるお母さんのところに行きました。ローテーブルにたくさんビールの空き缶が転がっていて、お父さんは酔っぱらってるみたいでした。

それなら絶対にお父さんのそばにいたらいけないって思って怖くなりました。お酒を飲んだお父さんはものすごく怒るからです。

ぼくはいすに座ってるお母さんを見ました。

いつもきれいにしてる髪がボサボサになってて、ほっぺたが真っ赤になってました。やっぱり引っ越す前の怖いお父さんに戻ってました。家を建ててるあいだのお父さんは、良いお父さんでした。みんな笑顔だったのに、また怖いお父さんになりました。黒い影のせいかもしれないです。

ぼくは、そーっと引き戸を開けてリビングを出ました。足音がしないように外へ出て、お姉ちゃんが学校から帰ってくるのを待ちました。お姉ちゃんが家に入る前に、怖いお父さんがいるとすぐ知らせたかったからです。

何も知らないお姉ちゃんがリビングに入っていったら、機嫌が悪いお父さんはきっとお姉ちゃんをなぐります。そんなことになったら、お姉ちゃんがかわいそうだから、できるだけ、お父さんと会わせません。

今だってそうです。

早く強くなって絶対お姉ちゃんを守りたいです！

三月十八日　晴れ

お姉ちゃんを守れなかったから、書きにくかったです。でも正直に書いたほうがいいですよね。

ぼくは門の前でぼんやりしてました。お姉ちゃんがぼくを呼ぶ声がしました。ぼくが外で待ってるから、どうしたのかと思ったみたいでした。

お姉ちゃんが、何か理由があるんじゃないのって、疑《うたぐ》り深い目をして言いました。

ぼくはすぐにお父さんが帰ってきたことを教えました。

それだけでお姉ちゃんには、ぼくの言いたいことがわかったみたいでした。

お父さんが今何をしてるか、ちゃんと言いました。

お姉ちゃんはお父さんがいるなら入っても入らなくても同じだって言いました。

黙って帰ってきたらお父さんは怒ってしまうし、遅く帰ってきても同じだと思ったので、その通りだと賛成しました。

お姉ちゃんに頼まれて、ぼくはお父さんの様子を見に行きました。

お父さんはまだ野球を見てました。

お母さんはキッチンに立って料理をしてました。

お父さんがおつまみを食べているあいだは、起きてると思いました。

そのことをお姉ちゃんに知らせました。

お姉ちゃんはあきらめた顔をしたけど、よしって言って、玄関に入りました。

引き戸からリビングに顔を出して、ちゃんとただいまってあいさつをしました。お母さんが顔を上げてお姉ちゃんにおかえりと言いました。お父さんはお姉ちゃんを無視してテレビを見てました。

思ったより機嫌が悪いわけじゃないみたいで、安心しました。

そしたら、急にお父さんが野球を見ながらお姉ちゃんに言いました。

テレビを見ているのに何度もブツブツ話しかけたって、お姉ちゃんに文句を言いました。

何のことか全然わからなかったから、ぼく達は黙ったまま立ってました。

今度は、ぼくが庭からお父さんをずっと見てて、ヘラヘラ笑ってたと怒り出しました。

でも、ぼくはずっと門の前にいました。そのことを言ったら、お父さんがものすごく大きな声でどなりました。

何のことかわからなくて、ぼくは何もできないでいました。

お父さんがソファから立って、どしどしとぼく達に向かってきました。

ぼくは足がすくんで動けなくなりました。お姉ちゃんもぼくと同じでした。

お父さんがどんどん近づいてきました。お父さんの顔は真っ赤で目が三角になってて、怖くて動けませんでした。

お父さんがお姉ちゃんに向かってこぶしを上げて、ほっぺたをなぐりました。お姉ちゃんが玄関に倒れました。

ぼくは怖くてひざがガクガクして座り込んでしまいました。

お父さんがぼくをにらんで、バカにしているってどなりました。

怖かったけど、いっしょうけんめいバカにしてないって言いました。

だけど、ぼくが言ったとたん、お父さんの足がぼくのおなかをけりました。ぼくはうなりながら、おなかを押さえて前かがみになりました。こんなふうになったお父さんは謝っても許してくれません。

でも、謝らなかったらもっと怒るので、ぼくは泣きながら、何度も何度もお父さんに謝りました。やった覚えのないことも謝りました。もう二度としませんって約束しました。お姉ちゃんが気絶してるから、お姉ちゃんの分も謝りました。いっぱい謝りました。最後は廊下に手をついて、頭を下げました。お父さんの機嫌が直るまで、ずっとそうしてました。

お父さんが、引き戸を力一杯閉めてリビングに戻りました。

あお向けに気絶しているお姉ちゃんに話しかけました。

お姉ちゃんを何度も呼びました。ぼくのせいでお姉ちゃんがなぐられたんです。お姉ちゃんを守ると誓ったのに、守れませんでした。ものすごく悔しくて、涙がいっぱい出ました。

うちにいる黒い影がお父さんに変なことをしたんだと思います。

ぼくは目が覚めたお姉ちゃんと部屋に入ってカギをかけました。

お父さんはいなくていいと思います。お母さんは殴られてもどなられても、お父さんのことが好きみたいだけど、ぼく達は違います。

ぼく達はお父さんが大嫌いだ！

お姉ちゃんを守るって決めたのに、怖くて体が動かなかった。お姉ちゃんの真っ白いほっぺたが真っ赤になってるのを見たら、ぼくはどうしようもなくなる。

お姉ちゃんの赤くなったほっぺたをなでた。お姉ちゃんが優しい顔で、大丈夫だよ、もう痛くないよって言ってくれた。

でも、お姉ちゃんはぼくを心配させたくなくて、そう言ってくれてるのがわかる。

お父さんなんて死んじまえ。死んじまえ！　死んじまえ！　死んじまえ！

お姉ちゃんがシーッって言いました。黒い影に告げ口されたら、もっとひどい目に合うよって言いました。

お姉ちゃんがいつもいっしょにいるようにしようって言いました。ぼくも賛成しました。

今日はもうここで終わります。疲れた。

三月二十六日　くもり

ちょっと時間があいてしまいました。

最近書いてないねって先生に言われたので、思い出すとむかつくけど、書くことにしました。

お父さんは会社に行かない日は、ず――っとテレビの前でビールを飲んで、お母さんをどなりつけてました。

携帯でいつも何か話をしてて、その後はものすごく機嫌が悪いです。ずっと悪口を言いまくってた。そういうときは近づけませんでした。

お母さんはぼく達を見るたびに、「ごめんね」って謝りました。でも、悪いのはお父さんだから、お母さんが謝っても何も変わらないから無駄だと思います。

お父さんは、ぼく達の代わりにお母さんをなぐりました。

お父さんは急に怒り出すから、いつ怒るかわかりませんでした。

ぼく達がダイニングにいるときに怒りだしたら、お姉ちゃんとぼくは座敷の押し入れに隠れて息をひそませました。お母さんが引きずられてなぐられている音が、いつも聞こえてきてました。でも、ぼく達じゃお父さんを止めることができませんでした。

一度、次にお母さんがなぐられたら、お父さんの頭を花びんでなぐるよって言ったことがありました。

お母さんは目を丸くして、首をぶんぶん横に振って、ダメだって言いました。押し入れに逃げて出ないようにって。今は会社のことで大変だから、刺激したらダメよって言いました。

ぼくのことは、「跡継ぎで長男」だから、なぜかそれほどなぐりません。特にぼくが中学生になって背が伸びてきたら、けることもしなくなりました。

お姉ちゃんが、お父さんは大きくなったぼくが怖いんだよって、教えてくれました。

お母さんは日ごとにボロボロになっていきました。髪はボサボサになって、いつもマスクとサングラスをしてはれた顔を隠してました。あんなになぐられてるのに、お母さんは一度も家を出ようって言ったことがなかったです。しかも、お父さんを恨まないで、お父さんは本当は優しいんだからって言うんです。信じられないです。それとも、お父さんはお母さんと二人きりになったら態度が変わるのかなぁ。

でも、ぼく達は、特にお姉ちゃんは死ぬほどつらいです。お父さんが本当は優しいなんて関係ないです。どこかに行ってほしい。本当に死んでほしい。お父さんなんか、死ねばいいのに。

四月二日　晴れ

お父さんと同じくらい嫌いなおじさんのことも書きます。おじさんはお父さんの弟。すごく嫌なヤツ。

おじさんはいつもなれなれしく、お母さんの名前を呼びます。むつ美《み》さんってねばっこい言い方で、本当に気持ち悪いです。

うちに来ると、いつもおじさんは鼻にかかったような声で、自分の家に逃げてきたらいいよって話してました。

お母さんにお父さんと離婚するか、家を出るようにすすめてきました。

でも、お姉ちゃんとぼくはおじさんのことを信用してません。本当にお父さんから守ってくれたことなんてなかったからです。ぼく達のことも無視してる感じでした。

死んだおじいちゃんの家に一人で住んでて、とても広い家だから遠慮なく引っ越してきていいって、いつもお母さんに言ってました。

お父さんの悪口を言うとき、おじさんはすごく嬉《うれ》しそうにニタニタ笑いました。

あのときも、黒い影がぼくの足もとを通って、にゅるっと引き戸のすき間からリビングに入っていったのを見ました。いつの間にか黒い影がいたのに、ぼくは気づかなくてびっくりしました。

黒い影はヘビみたいに動いて、ニタニタ笑うおじさんの影に入っていきました。おじさんの影と混ざって、ムカデみたいにぞろぞろ動いてました。お父さんの頭に入ったのと同じヤツです。ぼくは直感でわかりました。

怖くなってきて、自分の部屋に逃げました。

四月三日　晴れ

お父さんは弱い人間をいじめるのが大好きです。お母さんをなぐるとき、いつもお父さんの黒い影が、もぞもぞと動いて虫のかたまりみたいに見えることがありました。お父さんとおじさんは黒い影が取り付きやすい性格なんだと思います。

もし無差別に頭に入っていくようなヤツなら、とっくの昔にお母さんとお姉ちゃん、ぼくにも取り付いたと思います。

黒い影がお父さんの頭に入ってからは、お父さんの足音とは違う、ベタベタという足音がお父さんの後ろを付いていくようになりました。

どうしたら、あの黒い影を家から追い出せるんだろう。

そんなことを考えながら、部屋のドアに耳をくっつけてると、耳元で押し殺したような笑い声が聞こえてきて、ぼくはすぐに両耳を押さえてしゃがみ込みました。

ドアにくっつけていた耳じゃなくて、反対側の耳から聞こえたんです。

体が勝手にブルブルしました。歯がガチガチ鳴りました。

黒い影はお父さんに取り付いてるんじゃない。

この家全体に取り付いてるんだってぼくは思いました。

ずっと、家のどこかに隠れていて、ぼくがお父さんを怖がっているのを楽しんでるんです。お母さんがなぐられているのを楽しんで、お姉ちゃんがおびえているのを楽しんでたんです。

ぼく達に、どこにも逃げ場はありませんでした。

でも、どうしたらいいか、ぼくにはわからなかったです。

四月四日　晴れ

おじさんの影に黒い影が入っていってから三ヶ月くらいたったと思います。おじさんは二週間おきくらいに来ました。お母さんに自分の家に逃げてこいって言い続けました。だんだん家にいる時間も長くなりました。ぼく達が学校から帰ったら、おじさんは自分の家に帰ってたのに、それも気にしないで家にいるようになりました。

黒い影が、おじさんの背中に張り付いてるのが見えるようになりました。そうしたら、前よりもっとおじさんはしつこくなりました。

お姉ちゃんといっしょに学校から帰ってきたら、お母さんの悲鳴が聞こえて、慌ててリビングの引き戸を開けました。

お母さんが床に倒れてました。おじさんがお母さんにおおいかぶさってて、無理やりキスをしようとしているように見えました。

ぼく達は驚いてお母さんに駆け寄って、お姉ちゃんといっしょにおじさんを突き飛ばしました。

ぼく達はおじさんに文句を言いました。おじさんが、お母さんが悪いって言いました。

お母さんが泣きながらおじさんに帰ってって、叫びました。

ぼくもお姉ちゃんといっしょに、もう来るなって叫んでました。

そのとき、玄関の引き戸がガラガラと開く音がしました。

とっさにぼくはお姉ちゃんの手を握って、座敷の押し入れに逃げ込みました。ふすまを少しだけ開けて、お姉ちゃんとリビングを見ました。

お父さんの機嫌が悪そうな声が聞こえました。

お父さんがおじさんの前に立ちふさがっていました。何をしてたってお父さんがどなって、おじさんの肩を押しました。

おじさんが慌てて言いわけをしてました。

お母さんはうつむいてました。それが、お父さんをますます怒らせたみたいでした。

いきなり、お父さんはお母さんの肩を足でけりました。お母さんがひっくり返って、どすんとソファにぶつかりました。

おじさんがそのすきに逃げようとしました。お父さんがおじさんの服をつかんで、床に倒しました。お父さんになぐられたり、けられたりしました。二度と来ないって、おじさんが叫んでました。

お父さんはその日に限って、ものすごくキレてました。

今度はお母さんに馬乗りになって、両手でお母さんの顔をなぐりだしました。おじさんはそのすきに帰ってしまいました。

おじさんは本当に嫌なヤツです。

四月五日　くもり

いつも、たくさんお母さんをなぐったら、お父さんは絶対お姉ちゃんを探しました。お姉ちゃんもなぐるためです。

お姉ちゃんの名前を呼びながら、お父さんはリビングを出て行きました。お姉ちゃんの部屋のドアをガンガンたたく音が聞こえてきました。

お父さんがお姉ちゃんの名前をどなりながら、バンって引き戸を開けました。

お姉ちゃんが今にも泣きそうにブルブルしてました。握っているお姉ちゃんの手が汗をかいていました。ぎゅっとぼくの手を握ってきました。お父さんがふすまを開けたら、もうおしまいだと思いました。

お母さんが、お父さんの足にすがりついて、謝り始めました。お父さんがお母さんをけりました。

お母さんが気絶したら、お父さんは舌を鳴らして面白くなさそうに家を出て行きました。車のものすごい音が聞こえてきたから、車でどこかへ行ったんだと思いました。

ぼく達は慌てて押し入れから出ると、お母さんに駆け寄っていって、介抱しました。

救急車を呼ぼうとしたら、お母さんがダメって言いました。

絶対にこのことを人に知られたくないみたいでした。

でも、放っておいたら、いつかお母さんはお父さんに殺されてしまうと思いました。

お姉ちゃんが、警察に言おうってお母さんを説得したけど、お母さんはダメって言いました。そんなことをしたら家族がバラバラになっちゃうって言うんです。

お姉ちゃんが、そんなこと気にしなくていいって泣きました。ぼくもお母さんがかわいそうで泣いてしまいました。

お母さんが大丈夫だよ、家族のためにがんばるからって優しい声で言ってくれました。

でも、今、お母さんのことを思い出したら、すごくモヤモヤします。

四月十三日　晴れ

久しぶりに思い出しました。あのときは最悪なことが多かったです。思い出したらゆううつになるけど書こうと思います。

引っ越してきてから二年がたったころです。八月になったら、ぼくは十五歳になります。お姉ちゃんも秋になったら十七歳になります。

お父さんは、春に出て行ってからは、全然帰って来てません。

お母さんは顔色も良くなって、とても明るくなりました。前だったら、外出なんてほとんどしなかったのに、また出かけるようになりました。そのせいなのか、なんだか毎日楽しそうでした。

おやつを食べているときに、いきなり、お母さんが真面目な顔で、お父さんが帰ってこない理由を話してくれました。

家を建てた後、共同経営者の人がお金を持ち逃げしたらしいです。

だから、あんなに怒りっぽくなってたのって。

でも、ぼくは納得できませんでした。

お姉ちゃんが、お金は女の人に使ったってお父さんが話しているのを聞いたって、ひそひそ声でお母さんに言いました。

お母さんの顔がどんどん青くなって、いきなり、お姉ちゃんのほっぺたをたたきました。

お母さんの腕にシュルシュルと、ずいぶん長いこと見てなかった黒い影が巻き付いてました。ぼくはびっくりして声が出ませんでした。黒い影はアメーバーみたいに、じわーっとお母さんの腕に広がっていって吸い込まれるように消えていきました。

ぼくが黒い影を気にしてるあいだに、お母さんが慌ててお姉ちゃんに謝ってました。

ぼくはじーっとお母さんの腕を見つめてました。見間違いなのかなって不安になってたら、急にお母さんが明るい声で、一ヶ月前から習い事を始めたって言い出しました。

お姉ちゃんといっしょに、どんな習い事か知りたい、早く教えてほしいって、言いました。

お母さんが習い始めたのは、ヨガらしいです。週に四回、教室に通って、チャクラをカイガンさせる授業を受けてるんだそうです。宇宙に繋《つな》がる体操をしてるんだって話してくれました。気がまざりあって精神のステージを高めるって、お母さんがうっとりした顔で説明してくれました。

お姉ちゃんは、ものすごく高いお金を取られてるんじゃないかって心配してました。

するとお母さんがおかしそうにケタケタ笑いました。

決まった額をカルチャーセンターに払ってるし、変な宗教じゃないって教えてくれました。

カルチャーセンターの先生なら変な人はいないだろうって、お姉ちゃんは思ったみたいでした。ぼくもヨガが何かわからなかったけど、全身運動だっていうのはわかりました。

カルチャーセンターで習い事を何にしようか迷っていたら、隣にいた女の人がヨガに誘ってくれたらしいです。しかもいっしょに習わないかって言ってくれたそうです。その友達とおしゃべりやショッピングを楽しむようになったらしいです。

お姉ちゃんが、すごくいいことだって大賛成しました。それまで、お母さんに友達なんていなかったから、お姉ちゃんは嬉《うれ》しいみたいでした。

お父さんがいないほうが、お母さんは明るいです。お父さんは二度と帰ってこなくていいと思いました。

黒い影がお母さんの中に消えてしまってから家の中で足音や声とか全然聞こえなくなりました。

その代わり、お母さんの様子がどんどんおかしくなっていきました。

四月十四日　晴れ

毎日ずっと同じことを言われたから、いろんな言葉を覚えました。

精神エネルギー体とか、気とか、高次元の人とか。

でも、どういう意味なのか、お母さんに聞いても、よくわからなかったです。

お母さんはヨガのポーズであぐらをかいて、ぼく達も同じポーズをしました。初めはワクワクしたけど、だんだんそれほどでもなくなりました。すごく必死なお母さんが少し怖かったから言うことを聞きました。

お母さんはヨガをするときに、いつもいろいろお願いしてきました。

目を閉じて手を繋いで、気が体の中をぐるぐる回る想像ができたら、それをボールみたいにお母さんにぶつける。そしたらポカポカしたものが顔と手から出るから、お母さんがそれを頭のてっぺんから宇宙に送る。それで高次元の人と話をするんだって教えてくれました。

言われたとおり、ぼくはお母さんに何かぶつける想像をしました。気がなんなのか、いまもわからないけど。

お姉ちゃんはぼくよりずっと真剣にお母さんの言うとおりにしてました。

準備ができたら、お母さんが話をするって合図しました。

お母さんがぼく達の気を宇宙に送りました。宇宙がバーンって光ったら、お母さんは宇宙にぷかぷか浮かぶんだそうです。

よくわからないけど、宇宙には精神エネルギー体がどこにでもいるんだそうです。高次元の何かを体の中に入れると、たましいの力で、死なないようにすることができるんだそうです。

いつも同じことを言われるから、言葉の意味はわからなくても、空で言えるくらい覚えてしまいました。

お母さんは友達とそれをやって、ずいぶん精神のステージ？　が上がったらしいです。

だから、子供のぼく達も同じステージに立てるように訓練してくれてるんだそうです。

宇宙のポーズをして、お姉ちゃんやお母さんと手をつなぎました。

お姉ちゃんの手は温かくて、ぎゅっとぼくの手を握り返してくれました。

ぼくはちょっとだけ薄目でお姉ちゃんを盗み見しました。そしたら、お姉ちゃんもいたずらしてる時みたいな顔でぼくを見てました。

お姉ちゃんが大好き。大好き。大好き。大好き。

お姉ちゃんとなら、ぼくは宇宙にだって行けます。

お姉ちゃんのことを思い出してすごく気分がいいです。お姉ちゃんのことばっかり書いてたいです。

四月十五日　晴れ

毎日、お母さんは一人であぐらをかいてヨガのポーズをしていました。一人でヨガをして、ずっとブツブツと何かを言ってました。

何を言ってるか聞こえなくてお母さんを見ていたら、お姉ちゃんが耳元でこそっと教えてくれました。

お父さんが帰ってくるように高次元の人と話をしてるみたいです。この前はお父さんの守護霊と話をしたんだって！

ぼくはすぐに信じられなくて、えー？　って声を上げてしまいました。守護霊と話なんてできるんだって思いました。そんなのはテレビに出てくる霊能力者だけだと思ってました。

お姉ちゃんが、お母さんはそれができるって信じてるみたいって言ってました。

だんだん、ぼく達は学校に行かなくなってました。ずっとお母さんと一緒に、ヨガのポーズで宇宙の精神エネルギー体と話してました。

お母さんは、ヨガ教室へ通って、たまに友達にもっとすごい体験学習の勉強会に連れていってもらってたみたいでした。

帰ってきたら、興奮した様子で、ぼく達に勉強会の内容を教えてくれました。

お父さんの守護霊と話したのは正解で、いい方法だって、先生に言われたそうです。それで、もっとすごい道具を紹介してもらったから、買ってみる。でも、無理に買わされたわけじゃないから、安心してもいいって。それに特別講習を受けられることになったって言ってました。

お母さんが言うには、お母さんの気を、先生のと置きかえることができるんだそうです。先生はステージがとてもすごいから、先生と同じ体験ができる。地球を見ることができるそうなんです。

すごい！　って、お姉ちゃんが言いました。ぼくもお母さんがすごいって思いました。だから、いつやるのか聞いてみました。

来月だってお母さんが教えてくれました。講習はみんなと受けるらしいです。一対一だと、精神酔い？　するからだって。そうしたら一週間は倒れてしまうそうです。だからみんなでやるんだそうです。講習は来月に別の場所に移動してやるらしいです。

私も参加したいって、お姉ちゃんがお母さんに言いました。

お母さんは笑顔で、ダメダメって言ってから、訓練してないからって。でもいつか連れていってあげるって言いました。

お姉ちゃんが行くなら、ぼくも行きたいってお願いしました。

そしたら、お母さんが、中学生のぼくにはまだ早いからって。

男の子は大人になってからでないと受けられないらしいです。

そんなのは不公平だと思いました。

お母さんがうっとりした顔で、特別講習では、先生よりすごい人がいろいろ教えてくれることになってるって言いました。とても楽しみなんだって。

ぼくはお姉ちゃんに、男が大人になるってどういうことかってこっそり聞きました。

そしたら、お姉ちゃんがほっぺたを真っ赤にして、バカねってぼくの肩を押しました。お姉ちゃんの恥ずかしがっている顔があんまりかわいくて、ぼくはドキドキしました。謝るつもりはなかったけど、つい、ごめんねって言ってしまいました。

やっぱり、お姉ちゃんに会いたいです。お姉ちゃんに会わせてください。

四月十六日　晴れ

特別講習に行ってきたお母さんは、ちょっと具合が悪くなって、本当に一週間くらい寝てました。でも、特別講習については、夢を見てるような気分になったって話してくれました。

ぼく達は、お母さんの体験談を楽しみにしてました。だから、ベッドで寝てるお母さんに、どんなことをしたの？　って、聞きたくて仕方ありませんでした。

お母さんは、頭の中で話をしたって言いました。お父さんの守護霊が、ぼく達家族のことを愛してるって。もうすぐ帰ってきて、いいお父さんになるって、教えてくれたらしいです。

お父さんが帰ってくるって聞いて、お姉ちゃんの表情が変わりました。

それを見たお母さんが、お姉ちゃんの手を握りました。安心してね、優しいお父さんになって帰ってくるから。そんなふうに守護霊と約束したからって。ぼく達はうそだと思いました。

お姉ちゃんはお母さんに本当に？　って聞きました。

お母さんはにっこりしてうなずきました。

ぼく達はお母さんが寝てしまうまでそばにいました。お母さんが寝たか確認して、そーっと部屋を出ました。

ぼくはお母さんの言うことが信じられませんでした。本当にいいお父さんになって帰ってくると思う？　って聞きました。

お姉ちゃんは、多分お母さんが言うからそうなのかもって、自信がなさそうに言いました。

お姉ちゃんが不安だとぼくも不安になりました。

四月二十一日　くもり

このことは、ものすごくはっきり思い出せます。何べんも夢に見ました。先生にも知ってほしいから、がんばって書くことにします。

お母さんが元気になってからしばらくして、夜中にお父さんが帰ってきました。着てる服はヨレヨレで、きちんとしてた髪もボサボサになってて、なんだか臭かったです。

元気がない感じで、ソファに倒れ込むように座りました。お母さんがどんなに話しかけても返事もしませんでした。

お母さんが心配して、たくさん話しかけてました。

いつもならしつこいって怒るのに、黙ったままぼーっとしてました。

ぼくもお姉ちゃんも、いつものお父さんじゃなくてびっくりしました。でも、お姉ちゃんがぎゅっとぼくの手を握ったから、ぼくも握り返しました。

お姉ちゃんはぼくなんかよりずっとお父さんが怖いんです。だから、ぼくがお姉ちゃんに、大丈夫って言ってあげました。

ぼくがしっかりしないと、お姉ちゃんを守れません。

お母さんに、もう寝なさいって言われたから、ぼくもお姉ちゃんの部屋に入りました。

ぼくはお姉ちゃんのおなかを撫《な》でながら、安心させてあげたくて言いました。

お姉ちゃんと赤ちゃんはぼくが守るって。

ぼくはお姉ちゃんを抱きしめました。お姉ちゃんも深呼吸をしながら、ぼくを抱きしめてくれました。

何があってもぼくはお姉ちゃんを守るって誓いました。お父さんを殺してでも守ります。

お父さんのことをもっと書きたかったけど、疲れたのでやめます。

四月二十二日　くもり

お父さんが帰ってきた日の夜に、お母さんの悲鳴が聞こえてきました。お母さんが、何回も、うそよぉー！　ってヒステリックに叫んでました。普通じゃない感じがして、リビングのドアから中を覗《のぞ》いてみました。最初はわからなかったけど、リビングを見回して、ぼくはびっくりしました。お父さんが天井からぶらさがって、ぶらぶらしてました。ギィキィギィキィって嫌な音もしました。

お母さんがぺたんと座って、叫んでました。

ぼくはお姉ちゃんのところに戻って、お父さんが変なことになってるって教えました。

お姉ちゃんと僕はいっしょにリビングへ行きました。

ぶらさがってるお父さんを見たら、お姉ちゃんもびっくりしたみたいで、ぼーっとしてました。ぼくはお母さんの肩をたたきました。お父さんをおろそうって言いました。

お母さんがぼくを見て、それからお父さんを見ました。目をキョロキョロさせてから、ぼく達に、ダメ！　って言いました。

　動かしたら、お父さんのたましいがどこかに行っちゃうかららしいです。今なら、お父さんのたましいを呼び戻せるって言うんです。

　お母さんの言っていることがわからなくて、ぼくはお母さんを見てました。ぼくのうしろにいたお姉ちゃんが、今から儀式をするんだよね？　って言いました。

　お母さんが笑いました。前にお母さんに気をぶつけたみたいに、今度はお父さんに気をぶつけてって。今ならまだたましいが肉体と離れてないから、お父さんが生き返るって言いました。

　お姉ちゃんとぼくは、お母さんの手を握って座りました。いつもみたいに輪になって、あぐらをかきました。

　お父さんを大きな声で呼んだら、お父さんのたましいに聞こえるからって、すごく真剣にお母さんが言いました。

　お姉ちゃんを見たら、お姉ちゃんがうなずいてました。だけど、お母さんを見ないように下を向いてました。

　気をぶつけてってお母さんが叫びました。気をお父さんにぶつけて、お父さんを呼んで！　って。お父さんが精神エネルギー体になる前に呼び戻そうって言いました。

　お母さんのかけ声に合わせて、ぼく達は、お父さーんって呼びました。

　もっと、大きな声で呼んで！　ってお母さんが叫びました。

ぼくはもう一度、大きな声を出しました。

お姉ちゃんはもっと大きな声を出しました。

お父さーん！　お父さーん！　お父さーん！

何度も何度も何度も、呼びました。

お母さんが大きな声で、もっと気をぶつけて！　って叫んでました。

お父さーん！　お父さーん！　お父さーん！　お父さーん！

いつの間にか、朝になってました。

お母さんがガラガラの声で言いました。

お父さんのたましいは戻りました。お父さんが家族のところに戻ってくれました。お母さんはぼく達にありがとうって言いました。

お母さんの目は死んだ動物みたいな目でした。お母さんが、これで私達家族は完璧《かんぺき》になりました。お父さんがそろったから。でも、お父さんは何回も呼ばないと、またたましいが離れてしまうから気をつけないとねって言いました。

ケンカしないで、仲良く暮らそう。私達は完璧な家族なんだからって、ぼく達を見ました。

お母さんの言う、完璧な家族っていう言葉を聞いて、ぼくは怖いっていうよりワクワクしました。

お父さん、お母さん、お姉ちゃん、ぼく。

四人がそろって初めて、完璧な家族になるんだって、お母さんに教えてもらいました。

そうしたら、お父さんのたましいといっしょに、ぼく達もすごいところに行って、精神エネルギー体になるんだって、お母さんが言いました。

高次元がどんなところかわからないけど、お父さんがいるなら行きたくないなと思いました。

続きは明日《あした》書きます。

四月二十三日　雨

昨日の続きです。

お父さんのたましいを呼び戻した次の日だったと思います。

ぼくとお姉ちゃんが二人で子供を作ったら、お父さんが生まれるって、お母さんが変なことを言いました。

ぼくはびっくりしました。

だから、ぼく達は学校に行かないで、ずっとこの家にいないといけないって、お母さんが言いました。

お父さんのたましいが、ぼくとお姉ちゃんの赤ちゃんの中に入るから、今度は優しいお父さんが産まれるって言いました。ぼくはお父さんはずっと変わらない気がします。お父さんになってもらいたくないので、お姉ちゃんのおなかの赤ちゃんはお父さんにはならないよって言ってしまいました。

お母さんがびっくりしました。

お母さんがお姉ちゃんに向かって、たくさん質問してきました。病院に行っておろそうって。

すぐにお姉ちゃんが、この子は殺させない！　って大きな声で言いました。

そうしたら、お母さんは黙りました。

お姉ちゃんとぼくの赤ちゃんを殺すなんて、ものすごく嫌でした。

やっぱりぼく達は、お母さんが言う完璧な家族じゃないです。

だから、ぼくはお母さんに、お父さんは高次元の人と話をしたんだよねって言ったんです。高次元の人にお願いしたら、お父さんは生き返るんだよねって、お姉ちゃんもお母さんを説得しました。

お母さんは、お姉ちゃんがだれとせっくす？　したのか、ずっと聞いてきたけど、言わない約束をお姉ちゃんとしてたので、黙ってました。

四月二十四日　くもり

ぼく達は、お母さんと宇宙の交信を毎日続けました。

お母さんは、おなかの赤ちゃんを殺して、お父さんのたましいを入れる赤ちゃんを、ぼくとお姉ちゃんで作ったほうがいいってしつこく言ってきました。

お姉ちゃんは、もしもお医者さんに行って赤ちゃんを殺したら、隣のおばさんや町の人のうわさになるよって、お母さんに言いました。お父さんを生き返らせる儀式をやめなくちゃいけなくなるよって、お母さんを説得しました。

お母さんが言う完璧な家族には、お父さんがいないから、なれません。

ぼくとお姉ちゃんは完璧な家族になれます。赤ちゃんが生まれたら、もっと完璧になれます。平和で幸福な家族です。

四月二十五日　くもり

家族写真の話をします。

先生へ。あの写真が今どうなってるか教えてほしいです。お姉ちゃんと撮った写真だから、ぼくが持っておきたいです。

宇宙の交信をやめて、お母さんが急に、家族写真を撮ろうって言いました。

お姉ちゃんが、どうしてって聞いたら、お母さんが、お父さんがきれいなうちに家族写真を撮りたい。さっき交信してたら、高次元の人に言われたのって言うんです。

ポラロイドカメラとフィルムを持って来てって、お母さんに言われました。そのカメラで家族写真を撮ろうって。

ぼくはお母さんの部屋にあったカメラと、十枚入りのフィルムをたくさん持って、リビングに戻りました。

お父さんは日に日に臭くなっていきます。家に帰ってきたときはものすごいおしっこの臭いがしました。何日もお風呂《ふろ》に入ってないような臭いもしました。

今は、もっと臭いです。

お母さんは気にならないのかな。ぼく達は毎日リビングに入るのに勇気がいりました。肉とウンコが混じって腐った臭いで、吐き気がしました。ずっとウンコの掃除をしてない、公衆トイレみたいな臭いです。口で息をしてもつらかったです。

お父さんは、グズグズに溶けてきました。おなかの中のものが床に落ちて、首の肉がちぎれそうでした。靴下をはいた足首がぶらぶらしてました。

お父さんといっしょに、家族写真を撮ろうって、またお母さんが言いました。

ぼくは座敷に上がって、お父さんとお母さん、お姉ちゃんが写るように何回も写真を撮りました。そのたびに写真をテーブルに並べて置きました。

百枚くらい撮って、やっとフィルムがなくなりました。

テーブルの上の写真をお母さんとお姉ちゃんが見ました。一番いい写真を選ぶんだってお母さんが言いました。

これがいいって、お母さんが言いました。ぼくとお姉ちゃんは、お母さんがいいって言った写真を見ました。

お父さんのピンボケした足とぼくとお姉ちゃんとお母さんがこっちを向いて、笑って写ってました。

お姉ちゃんが、写真を撮るのがうまいねってぼくに言いました。

ぼくははずかしくなって、写真を見てるふりをしました。どの写真もお姉ちゃんとお母さんがピンボケしてました。本当に、お母さんが選んだ写真が一番ましでした。

写真立てに入れようって、お母さんが言いました。写真をキッチンのカウンターにかざりました。

あの写真、まだかざってあるといいな。お姉ちゃんとぼくが一緒に写ってるから。

四月二十六日　晴れ

お姉ちゃんのことが心配です。先生にお願いしたいです。ちゃんと毎日書くから。病院に行かないから、お母さんがお医者さんの代わりをしました。

お姉ちゃんは毎日げーげー吐いていました。ご飯が食べられなくなってました。食事にお父さんの臭いが移ってすごくまずいから、けっこう前からぼくがお姉ちゃんのご飯を作ってました。

お姉ちゃんはいつも気分悪そうにしてました。苦しいってよく言ってました。でも、おなかの赤ちゃんが元気に大きくなってる証拠だよって、お姉ちゃんが言いました。そしたら、胸がじわーって熱くなってきました。早くぼく達の赤ちゃんに会いたいです。

夜、いっしょに布団に入っていると、お姉ちゃんがぼくに言いました。

男の子だったら、自由にどこでも飛んで行けるような名前にしたい。女の子だったら明るい太陽みたいな名前にしたいって。

ぼくもそれがいいなって思いました。

四月二十七日　くもり

秋になったから、お姉ちゃんは十七歳になりました。

お母さんが、お姉ちゃんを高校に行かせたくなくて、勝手に学校をやめさせました。

お姉ちゃんはその日から、部屋に閉じこもってしまいました。

部屋に入れるのは、ぼくだけです。ぼくが作ったご飯を持って、お姉ちゃんの部屋に入れてもらいました。


お父さんはすっかり溶けました。リビングの真ん中に、泥みたいに山になってました。腐って服も床に落ちてしまいました。輪になったロープに首だけが引っかかって残ってました。

見ただけじゃお父さんだとわからないです。

お母さんはお姉ちゃんが部屋から出てこないって怒ってました。

毎日、お姉ちゃんの部屋のドアをガンガンたたいて、お姉ちゃんに出てくるように命令してました。

完璧《かんぺき》な家族じゃなくなったって、お母さんは怒ってました。

お姉ちゃんはドアにカギをかけて、わたし達はお父さんなんていらない！　って、ぼく達がいつも話してることを大声で言ってました。

お姉ちゃんを部屋から出すことに失敗して、お母さんはものすごく悔しそうでした。

ぼくはお姉ちゃんに声をかけて、部屋に入れてもらいました。

お姉ちゃんがイライラした声でぼくに、完璧な家族を信じてるの？　って言いました。

今までお姉ちゃんはお母さんの言うことにいつも賛成してたのに、急に言うことを聞かなくなったのが不思議でした。なんで、急に言うとおりにしなくなったの？　って聞いたら、お姉ちゃんが教えてくれました。

そうしなかったら、お母さんのせいでお父さんになぐられたから、何でもかんでも賛成して言うことを聞いてたらしいです。

だけど、もう言うとおりにしないよって、ぼくに笑いました。

でも、どうして言うとおりにしないの？　って聞きました。

そしたら、お姉ちゃんとぼくと赤ちゃんが完璧な家族だからだよって。

それにお母さんは、お父さんさえ生き返ったらいいって思ってるんだって言いました。

お母さんは、どんなになぐられても、他の女の人のところに行っても、お父さんがお母さんのところに戻ってくるって信じてたんです。

でも、お父さんは、自分勝手に死にました。自分のことしか考えてなかったんです。

お母さんはそれを認めたくなくて、お父さんを生き返らせようとやっきになってました。

高次元の人のことはお母さんにしかわからないんです。どのくらいの高さのステージにぼく達がいるのかもわかりません。

お母さんはおかしくなってました。一日中、お父さんを生き返らせるために、気を宇宙にぶつけてました。そうしたら、たましいのステージがどんどん上がってくって信じてました。

いつの間にか、お父さんがすばらしいたましいの人間になってました。ものすごく高いステージにいるって思い込んでました。

そのステージに行ければ、お父さんのたましいが戻ってくるって言い張ってました。

お父さんは死んでしまったって、腐ったお父さんを見て、ぼく達はわかってました。

お父さんが死んだってわからないのは、お母さんだけだったんです。


先生はお父さんが生きているって思いますか？　ぼくは思いません。

四月二十八日　晴れ

お姉ちゃんが、ぼくに最近怖い怖いって全然言わなくなったねって聞いてきました。

小学生のころ、ぼくはいろんなものが怖かったです。不安だらけで、歩くこともできなくなるくらいでした。

今はなんで怖くないんだろう？　って不思議に思いました。

ぼくが一番怖いのは、お姉ちゃんがいなくなることです。一番大事なのはお姉ちゃんとおなかの赤ちゃんです。ぼくが二人を守らないといけないって思ってました。守るためには強くないといけない。だから、お父さんよりも強くならないといけないんです。

黒い影は見なくなったのかって聞かれました。お母さんの中に黒い影が入ってから、見なくなりました。

そしたら、お姉ちゃんも声や足音が聞こえなくなったって言いました。

黒い影はもういなくなったんだって言ったら、お姉ちゃんは、そうだといいねって不安そうでした。

黒い影はお父さんやおじさんの中に入っていきました。お父さんとおじさんは、暴力をふるったり、嫌なことをしたりするのが楽しくて仕方ない感じでした。

黒い影は、そういう暴力をふるう人についてくのかもしれません。でも、お母さんはどうなんだろう。お母さんがおかしくなったのは、やっぱり黒い影のせいだったのかな。

黒い影はまだあの家にいるのかな。

四月二十九日　晴れ

お姉ちゃんに会いたいです。どうして会えないんですか？　先生、お願いします。

お姉ちゃんは病院に行かないまま、赤ちゃんを産むことになりました。

お姉ちゃんは相変わらず部屋に閉じこもったままでした。

お姉ちゃんが赤ちゃんを産むってことになると、どうやって助けてあげればいいのかわかりませんでした。だから、お姉ちゃんがどんなにいやがっても、お母さんに頼るしかありませんでした。

とうとう陣痛が来て、お姉ちゃんが苦しみだしました。とても痛がったり、急に平気になったりして、ぼくはどうしたらいいかわかりませんでした。

お姉ちゃんが苦しむ時間が長くなりました。シーツがびしょぬれになって、ぼくは慌ててお母さんを呼びに行きました。

お母さんがお湯が入ったたらいを持ってきました。ぼくにタオルをいっぱい持ってくるように言いました。

お産をするための息の仕方があって、ひっひっふぅって言うんだって。おなかが痛くなったらいきんで、痛くなくなったら深呼吸するんだよって、お母さんがお姉ちゃんにたくさんアドバイスしました。

ぼくはどうしたらいいかわからなくて、お姉ちゃんの手を握っていました。

お姉ちゃんはお母さんの言うとおりにしました。赤ちゃんが元気に産まれてほしくて、お姉ちゃんがんばれって応援しました。

お姉ちゃんがいっしょうけんめいがんばってるのを見て、ぼくも同じように息をしました。

朝になったとき、お姉ちゃんがものすごく痛いって、叫びました。

叫んじゃダメ！　ってお母さんがお姉ちゃんに言いました。

お姉ちゃんはがんばって、ひっひっふぅって続けました。

頭が出てきた！　もうすぐよ！　って、お母さんがお姉ちゃんに声をかけました。

赤ちゃんの頭が出てきて体も出てきました。お母さんがお姉ちゃんに、男の子だよ！　って言いました。

赤ちゃんをさすったら、ようやく赤ちゃんが声を上げました。お湯で赤ちゃんを洗ってあげました。バスタオルでくるんで、お姉ちゃんに見せてあげました。

小さい声で泣いてる赤ちゃんを見たら、お姉ちゃんは安心したみたいに眠りました。

ぼくはお姉ちゃんのそばで赤ちゃんを見ました。しわくちゃで真っ赤でちっちゃい。手がものすごくちっちゃいから、少し触っただけで壊れてしまいそうで怖かったです。

お母さんがお姉ちゃんを起こして、お乳をあげないといけないって言いました。

よく寝てるお姉ちゃんを起こすのは、かわいそうだから迷いました。でも、お乳をあげるのは大事なことだと思って、お姉ちゃんを起こしました。

お姉ちゃんがおっぱいを赤ちゃんに吸わせました。ちっちゃいねって、お姉ちゃんが笑いました。

お母さんが、だれかに電話をしてました。ぼくはお姉ちゃんと赤ちゃんのことで頭がいっぱいでした。だから、ぜんぜん気にしませんでした。

あのとき、すぐ気づけば良かったです。すごく後悔してます。

四月三十日　晴れ

先生、赤ちゃんってすごくかわいいんですよ。知ってましたか?

ぼくはお父さんだから知ってます。

お姉ちゃんが赤ちゃんを産んで一週間くらいたちました。赤ちゃんのお世話のために、交代で寝ることにしました。

買い物はぼくが行きました。たくさん買うからお母さんに車を運転してほしかったです。だけど、お母さんが車で出かけてたので、頼めませんでした。

帰ってきたら、知らない人達が赤ちゃんを抱いて、車に乗り込もうとしてました。

ぼくは買い物袋を放り出して、走ってました。

お母さんがぼくに気づいて、車のドアを閉めたから、ぼくはお母さんを突き飛ばして、車の中をのぞいた。赤ちゃんを抱いた女の人達が、怒っているぼくをびっくりした顔で見てた。

ぼくは、どこに連れてくんだ、うちの子だぞってどなった。

ガンガン窓をたたいたけど、車が急発進した。あっという間に車は遠くへ走っていった。

　すぐにお母さんをガシッてつかんで、あいつらはだれだって、どなってやった。

　そしたらお母さんはぼくの腕をどけて立ち上がった。気持ち悪い優しい声で言った。

　あの人達は役所の人よ。赤ちゃんはよその人の家族になる為に特別な施設にやったのよって。

　よその人ってだれだ！　あいつらはだれだ！　ってお母さんの肩を揺さぶった。

　養子の手続きをしてるから無理って。赤ちゃんをよその人の子供にするって言うんだ。

　ぼくはカーッてなって、お母さんの顔を手でたたいた。勝手なことするなって大きな声でどなった。

　赤ちゃんはぼく達の家族だって、いっぱい言ってやった。何べんも、勝手なことするなって言ってやった。

　そしたら、お母さんが、お父さんが生き返るために、ぼくとお姉ちゃんの赤ちゃんがいるって言うんだ。

　お父さんなんて生き返らなくていい！　って、大きな声を出したら、いきなりぼくの目の前が真っ赤になった。鼻がズキズキして頭がガンガンした。鼻血が出てきた。お母さんがぼくの顔をグーでなぐったんだ。ぼくは鼻を押さえた。ボタボタと血が落ちたのが見えた。

　家の中でお姉ちゃんが叫んでた。ぼくは慌てて玄関を見た。

お姉ちゃんが叫びながら、玄関から飛び出してきた。顔が真っ青だった。赤ちゃんがいないのに気づいたんだ。どこにやったのって泣きながら、キョロキョロしてた。

お母さんが赤ちゃんを勝手によその家の子にしたって、お姉ちゃんに教えてあげた。めちゃくちゃ腹が立ってたせいか、すごく低い声が出た。

人でなし！ってお姉ちゃんが叫んだ。私の赤ちゃんなんだよ、なんで勝手なことするんだって、お姉ちゃんがお母さんをどなった。

だけど、お母さんは平気な顔をして、今度はぼくとお姉ちゃんの赤ちゃんを作ってって言うんだ。そうじゃないと困るからって。赤ちゃんの体に、お父さんのたましいを入れてあげたい。お父さんが生き返りたいって言ってくるから、叶《かな》えてあげたい。完璧《かんぺき》な家族にお父さんが必要だからって。

お母さんは、赤ちゃんのお父さんがぼくだって知らないから、ひどいことを言い出した。

お母さんがあんまり自分勝手だから、ぼくはあきれてしまった。あんなになぐられてひどい目にあってたのに、まだあのクソおやじがいいのかって、言ってやった。

お母さんが、お父さんはみんなを傷つけるつもりはなかった。だって完璧な人間なんていないから、間違ったことだってする。本当は優しい人なのに、育ててもらった恩も忘れてとか、言い出した。

お姉ちゃんが頭をかかえて叫んだ。

近所の人達がたくさん道に出てきた。

お母さんは、家の中に入っていった。

ぼくはお姉ちゃんを支えて、大丈夫ってなぐさめながら家の中に戻りました。

ぼく達はお姉ちゃんの部屋に閉じこもりました。お姉ちゃんはずっと泣いていました。

三時間以上たっても泣き続けてました。このままじゃお姉ちゃんがどうにかなってしまうって、ぼくは困ってしまいました。

お母さんの声がしました。ご飯よって呼んでました。あんなことしたくせに。返事もしたくなかったです。

そのうち、お母さんがドアをトントンたたいてきました。返事をしないで無視してたら、しつこくトントントントン鳴らしてきました。ずっと、たたき続けていました。

泣いてたお姉ちゃんも顔を上げて、たたかれるドアを見ていました。お姉ちゃんにぼくが出るって言いました。

うるさい！　ってどなりながら、ドアを開けました。

だれもいませんでした。

びっくりしてお姉ちゃんを見ました。ぼくもお姉ちゃんも顔が青くなってたと思います。

どうしてか、黒い影が戻ってきたみたいでした。でも、勝手に戻ってきたんじゃないと思いました。

完璧な家族だったのに、お母さんにめちゃくちゃにされて、ぼく達が怒ったり悲しくなったりしてるのを見つけたんです。

家のどこかに隠れてた黒い影が出てきたんです。あいつは家に取り付いてるから、隠れてただけで、どこにも行ったりしてなかったんです。

完璧なのは、私達だよって、急にお姉ちゃんが言いました。

さっきまで完璧だった。ぼくがいて、赤ちゃんがいて、三人で幸せだった。だけど、お母さんのせいで完璧じゃなくなった！　って、お姉ちゃんが泣きながら大きな声で言いました。

ぼくはお姉ちゃんが怒ってるのを見てびっくりしました。

太陽の光がお姉ちゃんの背中に当たって、顔が真っ黒に見えました。

悲しい気持ちともうダメだっていう気持ちになりました。

今度はお姉ちゃんが黒い影に取り付かれたんです。ぼくには、黒い影をどこかへやってしまう方法がわかりませんでした。

ただ、お姉ちゃんの気持ちが伝わってきて、怖くて足がブルブルして動けなくなりました。

五月一日　晴れ

役所の名前が難しくてわからなかったですけど、思い出す努力をします。
とても大切なことだから、先生にはわかってほしいです。

ぼくはなんとか赤ちゃんを返してもらえないかっていっしょうけんめい考えました。お母さんは役所の人って言ってました。だから役所の人に養子にしないって言えば聞いてくれるかもって、思いました。だって、お姉ちゃんの赤ちゃんだもん。絶対返してくれるよって、お姉ちゃんに言いました。すぐに電話をしてみるって、区役所に電話をしました。

赤ちゃんを返してって言ったら、区役所の人は別の電話番号を教えてくれました。別の所に電話したら、今度は赤ちゃんがいる場所の住所とバス停の名前を教えてくれました。ぼくはバス停の名前と住所を紙に書きました。

泣いているお姉ちゃんに、取り戻してくる！　って声をかけました。

本当の親なんだから、赤ちゃんといっしょにいるのは当たり前です。お母さんが勝手に決めることじゃないです。

知らない人が、赤ちゃんの親になるなんて考えたくありませんでした。

バスの運転手さんにバス停の名前を言って、乗りかえるたびに運転手さんに何べんも教えてもらいました。

ようやく教えてもらったバス停に着きました。

いろんな人に聞きながら、言われた方向へ、めちゃくちゃ走ったら、教えてもらったとおりの保育園みたいな建物が見えてきました。ぼくは急いで門から中に入りました。

ぼくは早口で、お母さんが勝手に養子に出したこと、赤ちゃんはぼくの家族だから、養子に出さないってはっきり言ってやりました。

おばさんが、ぼくの名前と赤ちゃんの名前を聞きました。面会の予約を取ったか、家族にはここに来ることを相談したかなんて聞いてきました。

イライラしたから、ぼくはおばさんを無視して中に入りました。いろんな引き戸を開けてくと、赤ちゃんの泣き声が聞こえてきました。でも、男の人が来て捕まってしまいました。

結局、警察署に連れてかれました。警察官に、何度もにゅうじいんに行った理由を聞かれました。

でも、ぼくがお父さんだって言わなかったです。お姉ちゃんがぼく達のことは世の中が許してくれないからって言ってたから。話したら、お姉ちゃんが怒られてしまいます。

ぼくは自分が悪いことをしたとは思わないです。

お姉ちゃんを好きでいることは悪いことじゃないって思ってるから。

でも、そんなぼく達を、自分勝手に利用されるのは、どうしても嫌だったんです。

お母さんと車で帰っていたら、お母さんがまるでぼくが悪いみたいに言いました。人に迷惑をかけちゃダメ。家族の問題は家族で解決しようって。お父さん達と完璧な家族を作ろうねって言うんです。

完璧な家族っていうのは、お母さんとお父さんのことじゃない。ぼくとお姉ちゃんと赤ちゃんのことだってはっきり思いました。思い出したら今もすごく悲しいです。

五月二日　晴れ

お姉ちゃんが心配です。ちゃんとご飯が食べれてるか知りたいです。お姉ちゃんは病気だから、病院に入院してますか？

赤ちゃんを産んでから、お姉ちゃんの具合はあんまり良くなりませんでした。胸が張って痛いって泣いてました。赤ちゃんが戻らないことを教えたときは、立てないからよつんばいで、お母さんにつかみかかって暴れました。

赤ちゃん、返せ！　って泣きながら、お母さんをなぐりました。でも、すぐにへなへな座り込みました。パンツが真っ赤になるくらい血が出てました。

食事も思うように食べれないから、すっかりやつれました。ぼくはお姉ちゃんが好きなものをがんばって作ったけど、全部吐いてしまうんです。

寝てることが増えました。起きてる元気もなくて、ずっと泣いてました。

病院に行こうってお姉ちゃんを説得していたら、お母さんが邪魔をしてきました。

お姉ちゃんは大丈夫って、いい加減なことを言って、栄養のあるもの食べて寝てたら治るって言うんです。自分が二回お産しても平気だったから、お姉ちゃんも平気だって、勝手なことを言いました。

お姉ちゃんの全身のチャクラの働きが滞ってるから、お母さんの気を当ててみるって、まだおかしなことを言ってました。寝てるお姉ちゃんの額や胸とかおなかに手をかざしました。

お姉ちゃんは余計に苦しそうな顔をしてました。

ぼくはどうにかしてお姉ちゃんに元気になってほしかったんです。ベッドに横になってずっと泣いてるお姉ちゃんの細くなった手を握りしめました。赤ちゃんを取られたお姉ちゃんに、ぼくは元気を出してとか、絶対に言えなかったです。ぼくよりもお姉ちゃんのほうがずっとずっと悲しんでるって思ったからです。そうすると、お母さんが憎くてたまらなくなってきました。

お姉ちゃんはしゃべる元気もありませんでした。だから、お母さんの、ぼくとお父さんのたましいを入れる赤ちゃんを作れっていう言葉に文句を言うこともできませんでした。

　お姉ちゃんに少しでも栄養をとってもらいたくて、毎日おいしいものを作りました。ぼくにできることがなんにもなくて、悔しくて仕方ありませんでした。お姉ちゃんが本当にしてほしいことを叶《かな》えてあげたかったんです。

　あれから、二回、にゅうじいんに行ってみたけど、追い返されました。ぼく達の赤ちゃんが、どんな人にもらわれていったのかもわかりませんでした。泣きたくなりました。でも、ぼくはお姉ちゃんのために強くならないとダメなんです。今は、お母さんをお姉ちゃんに会わせないようにするので精一杯でした。

　リビングで、お母さんは骨にへばりついた黒い皮みたいになったお父さんと毎日話をしてました。

　もうすぐ体を作るから、今度こそ完璧《かんぺき》な家族になろうね。みんなで慈しみ合うそんな家族になろう。今度こそ上手《うま》くいくからって、完全にお母さんの妄想を骨になったお父さんに話しかけて、楽しそうに笑ってました。

　カサカサに乾いたねんどのようになっても、お父さんはぼく達家族をどん底におとしいれてくる。生きてても高次元の人になっても変わらない。

　黒い影は、今もこの家をうろついてて、お姉ちゃんとお母さんに取り付いています。

五月三日　くもり

急にみんなケンカをしなくなりました。ぼくはいっしょうけんめい料理をして、みんなのお世話をしました。

ぼくの料理はおいしいから、先生にも食べさせてあげたいです。


夕食の買い物から帰ってきたら、お母さんが大きな声で呪文《じゅもん》を唱えてるはずなのに、うちの中がしーんとしてました。

ぼくはお姉ちゃんの部屋にすぐ行きました。カギがかかってなくて、部屋にお姉ちゃんはいませんでした。

トイレかなと思って洗面所に行ってみたけど、お姉ちゃんはいませんでした。

珍しくリビングに行ったのかなと思いながら、ドアを開けました。

入ってすぐ、お母さんが床に倒れてるのが目に入りました。床には赤黒い液体が広がっていてお父さんと混ざり合ってました。

嫌な予感がしてお姉ちゃんを探したら、ソファにお姉ちゃんが座っているのが見えました。ソファからちょこんとうしろ頭が見えてました。

何があったのか聞こうと思って、ぼくは慌ててソファの前に行きました。

お姉ちゃんを見て、ぼくは叫びました。

ソファに座ったお姉ちゃんの首から血がたくさん出てました。さっき包丁で切ったのか、ぴゅっぴゅっと血が噴き出してました。

ぼくは慌てて両手でお姉ちゃんの首を押さえつけました。

いっしょうけんめいお姉ちゃんを呼ぶけど、お姉ちゃんの目は真っ黒でした。どんどん目がにごっていって、血が止まりました。

だらーんとした手が包丁を握ってました。包丁の刃にたくさん血がついてました。お姉ちゃんの首から離した手のひらが、血だらけになってました。

首が真っ二つに裂けてました。思い切り包丁で切ったのか、首が半分まで切れてました。お姉ちゃんの口から血の泡が出てました。

ぼくの目からポロポロ涙が出てきました。

お姉ちゃんの血だらけのふとももにほっぺたをつけて、ずっとそうしてました。

ほっぺたに当たるお姉ちゃんのふとももがどんどん冷えていって、固くなっていきました。

どのくらいそうしていたかわからないけど、いつの間にか夕方になってました。部屋が真っ暗でした。すごく寒くて、体がブルブルしました。

お姉ちゃんの体がすごく冷たく凍えてました。

寒くないかって聞いたけど、お姉ちゃんは黙ってました。だから、お姉ちゃんの体を抱き上げてダイニングのいすに座らせてあげました。お姉ちゃんの体はすごく軽かったです。小さくなったお姉ちゃんの隣に、背中をめちゃくちゃに刺されたお母さんを座らせました。

ぼくはご飯の用意をし始めました。今日もお姉ちゃんの好物を作るつもりでした。

ご飯できるの遅くなるけど、ごめんねって先に謝っておきました。

この数ヶ月でぼくの料理の腕は、ずいぶん上がったんです。いつもお姉ちゃんはぼくの料理をおいしそうに食べてくれたから、自信過剰じゃなかったはず。今は料理ができないから、あのときみたいには作れないかもしれないけど。

お母さんは食べたくないのか、テーブルにうつ伏せになりました。

ぼくはあきれて、お母さんに注意しました。ぼくの作るものが嫌いなの？　寝たふりするのやめてって言ったのに、全然聞いてくれませんでした。

お母さんが起きないので、仕方ないなと思って、お母さんをいすにもたれさせました。

テーブルにできたての料理を並べました。みそ汁の具はお姉ちゃんが好きなサツマイモとタマネギです。甘くてほっぺたが落ちそうって言ってくれました。

おいしい？　って聞きながら、ぼくはお姉ちゃんの口にみそ汁を持っていって飲ませてあげました。血の泡といっしょにだらだらとみそ汁がこぼれました。

マカロニグラタンのソースは手作りです。市販のホワイトソースの素はおいしくないって、お姉ちゃんは嫌いだから。

お姉ちゃんは食欲なさそうでした。

結局、お姉ちゃんとお母さんは食事を残してしまいました。もったいないなぁと思いながら、ぼくは料理を捨てました。

お姉ちゃんをお風呂《ふろ》に入れてあげた後、血だらけの寝間着を新しいものに替えてあげました。時々お姉ちゃんが、ぐぷぅって声を上げたけど、けっこう満足そうでした。

ベッドに寝かしつけて、ぼくも着替えて布団に入りました。お姉ちゃんの体が冷え切っていたから温めてあげようと思って抱きしめました。

五月四日　くもり

みんなが仲良くできて嬉《うれ》しかったです。お母さんもどならなくなったし、変なヨガもしなくなりました。

毎日お姉ちゃんをリビングに連れていって家族で団らんしました。お母さんは自分の部屋で寝てないみたいでした。着替えもしてないから少し臭ってきました。

お風呂に入りなよって注意したけど、無視されました。

でも、お姉ちゃんも最近臭くなってきました。仕方ないから、ぼくは部屋で使う消臭剤をたくさん買ってきて、部屋中に置くことにしました。

そのころには、お姉ちゃんを持ち上げるのが難しくなりました。触ると皮ふがむけてくるんです。皮ふ病かもしれないから、包帯を巻いてあげました。

毎日、ぼくはテーブルでお姉ちゃんと話をしました。お母さんがいるから、聞かれても困らない話ばかりだったけど。

いつの間にか、虫がたくさん庭から入ってくるようになりました。毎日、虫を駆除しました。

日に日にひどくなってく臭いを、少しでもましにするためにサッシを開けて、すっかり寒くなった外の空気をリビングに入れました。

近所のおばさんが、時々、ゴミを放置してないかって文句を言ってきました。ちゃんと捨ててるって言ったら、お母さんとお姉ちゃんを見かけないけど、元気にしてるのってしつこく聞いてきました。

元気にしてるって答えました。あんまりうざいから、おばさんが話をしてる途中で、無視して引き戸を閉めました。

本当は二人とも元気がなくなって寝てばかりいました。ぼくはお姉ちゃんにいっしょうけんめい元気になってもらおうと話しかけていました。

先生、お姉ちゃんは今も元気にしてますか？

ずいぶん部屋の中が暗くなりました。家を黒い影が包んでいるみたいでした。昼なのに、部屋のすみまで暗くなりました。ぼくもすすけたみたいな色になってました。視界が悪くてよく物にぶつかるようになりました。

今もちょっと見えにくいです。目が悪くなったのかもしれないです。

五月五日　雨

家のことは全部書いたので、これで最後になります。

すごく大変でした。日記はもう書きたくないです。


学校に行かなくなってから、中学校の先生が何度も来ました。電話を何回もかけたけど、ぼくが出ないから心配になったそうです。いつもならお母さんが出てくれてたらしいけど、絶対に登校させないって言ってたから、一度ぼくもいっしょにお母さんと話をしようって来たらしいんです。

ぼくは話すことなんてないから、帰ってくださいって言ってやりました。

そしたら、先生が渡したいプリントがあるって言ってきました。高校に進学するか専門学校に行くか、決めてくれって言うんです。

仕方なくて、玄関の引き戸を開けました。

プリントを渡すだけって引き戸越しに先生が言ってきました。プリントだけもらおうと思ってすき間から手を出しました。

そのとたん、先生がうわって言いました。すごく臭いって騒いで、ぼくに大丈夫かって聞いてきました。

大丈夫ですって答えてから、プリントをさっと取って引き戸を閉めようとしました。

でも、先生が引き戸のすき間に足をはさんで閉めさせてくれなかったんです。

このときはどうにか先生を帰したけど、夕方に警察を連れて先生がまたやってきました。ぼくがやめてって言うのに、ぼくを無視して警察官が家に上がってきて、大きな声で騒ぎだしました。

ぼくは、もう一度やめてって大きな声で言いました。お姉ちゃんが驚くからって警察官を止めました。ぼくの家なのに勝手に入ってきて、他の警察官と先生がぼくを動けなくしたんです。

力いっぱい暴れたけど、ダメでした。

それから、すぐにたくさんの警察官が来て、勝手にぼくの家に上がってきました。

ぼくにいろいろ質問してくる警察官もいたから、正直にお姉ちゃん達と暮らしてる。今も夕飯時だから食事を作らないといけない。みんながおなかを空《す》かせて待ってるって説明しました。でも、真面目に聞いてくれなくて、何度も同じことを聞かれました。

ぼくは警察署に連れてかれて、お姉ちゃんと会わせてもらえなくなりました。お姉ちゃんは大丈夫かって聞いても、そのたびに、お姉ちゃんは死んでるって、みんなが言うんです。そんなことないって言い返すけど、聞いてくれませんでした。

病院に連れてかれて、ここでも何度も同じ質問をされました。

先生もよくぼくに同じ質問をしますよね。話を聞いてくれるのは嬉しいけど、ぼくが聞きたいことには答えてくれないですよね。

ここは、昔、お母さんに連れてこられたところと雰囲気が似てます。やっぱり、ぼくは脳みそを手術されてしまうんですか？

だから、そうなる前に、先生にお願いしてるんです。お願いです。教えて下さい。どうしても知りたいんです。

ぼくのことより、お姉ちゃんが心配でたまらないんです。

鷹村翔太の証言　音声記録④

二〇二四年七月十四日（日）　午前十一時五分

――この前の続きですが、お母様と隼也くんの徘徊《はいかい》はずっと続いてたんですか？

「そうです。センサーマットは役に立ちませんでした。

毎夜とまでは言わないですが、母の夜中の徘徊は日に日に酷《ひど》くなっていきました。

母にどうして勝手に家から出てしまうのかと詰《なじ》ったことがあります。

『だって、ご飯の材料を買わないと。私が作らなかったら、誰がお父さんのお世話をするの？』

世話は私がしていること、ご飯も毎日私が作っていると言い聞かせました。

『何言ってるの。家事なんてできないくせに。私にご飯も食べさせずに働かせてるくせに！』

母は自分がしていると思っていることを否定されると、簡単に怒るようになってしまいました。

認知症になると、大概の人は性格が変わるそうですね。さっきまでやっていたこと、見ていたこと、聞いていたことが、ポロポロと消えてなくなってしまうから、腹立たしいんだと思います。

でも、感情があるだけましなんでしょうか。認知症のことを調べると、症状が進んだら幻覚を見たり、感情が平坦《へいたん》になったりするらしいです。いつか、母もそうなってしまうんだろうかと、不安に襲われますよ。沙也加にいてほしかったです。でも、彼女はもうこの世にいないんですよね。事故で亡くなったんです。隼也はその忘れ形見でもあります。優しくしたいのにできない自分がふがいないです。少しでも息子に優しくできたらいいのに、毎日、母の世話に忙殺されて、会話もままならなかった。

友達ができればと思って公園に連れていってましたが、ジャングルジムのてっぺんにずっと座って、自分以外の子供が遊んでいるのを眺めている姿をよく見かけました。あんなに気難しい子供だったろうか。大人の私から見ても隼也は孤独でした。誰も隼也に声を掛けないし、見もしません。不機嫌そうにしているせいか、誰も隼也に声を掛けないし、見もしません。

母ですら、孫の隼也を無視することがあって、子供好きの母の性格も認知症で変化してしまったんだなと、苦々しく思いました。

すみません、愚痴ばっかりですね」

――大変でしたね。介護と子育てをお一人でやられてるんですから、ストレスも溜《た》まるでしょう？　廃墟《はいきょ》へは、やっぱり、隼也くんが連れていってたんでしょうか？

「確かに、夜中に母と一緒に家を出てしまうのは、本当に参りました。夜中に目が覚めると、横に寝ているはずの隼也がいない。もしやと、慌てて母の様子を見に行くと、布団はもぬけの殻ですよ。

私はそのたびに、取るものも取りあえず、丁字路の廃墟に向かいました。

二人は必ずここにいて、ぼんやりと廃墟を眺め、家の前に佇《たたず》んでいるんです。

右手で母の手を取り、握りしめました。そうでもしないと、小さくなった母が消えてしまいそうで。もう片方の手で隼也の細い腕を引いて、ゆっくりと歩く息子を引っ張りました。

とぼとぼと親子三人で夜の道を、家に向かって歩きました。

すると母が思い出したように、顔を上げて、ぽつりと呟《つぶや》くんです。

『家族はみんな仲良くしないとね。ねぇ、お父さん』って」

――お母様のその言葉、徘徊するようになってからよく聞かれるようになりましたけど、何か変化があったんですか？

「分かりません。でも、昔から穏やかな人でしたから、自然と口に出るんでしょう」

――それで、廃墟には毎晩？

「毎晩じゃなくても、週に何度も夜中に起こされました。

徘徊だけじゃなく、夜中の母の奇行にも悩まされてました。

ある夜、寝室に行くと、タンスから出した物を、母があちこちに置いていました。

せっかくしまったのにまた出してと、もう一度片づけようとしたら、母がそれを止めました。

『やめて。使うつもりだから片付けないで』

私は片付ける手を止めて、ため息を吐きました。タンスは空っぽで、中にしまっていたものは、所狭しと目に見える場所に置かれている有様でした。こっちのほうが私としては物をなくしそうだと困惑しました。

私は気持ちを落ち着かせて、母の隣に座ろうとベッドの枕元に目をやりました。一枚の写真が置いてあったんです。てっきり私と両親の写真かと思って手に取って見ました」

――写真、ですか？

「ええ。でもその写真を見て、私は驚いて手を離しました。

私は慌てて写真を拾い上げて、母にその写真を見せて、これをどこで拾ったのか、訊《たず》ねました。

母が不思議そうに写真を見ていましたが、首を振って、『知らない』と答えました。こんなにも側に置いておいて、知らないなんてことはないじゃないですか。

『本当に知らない。お父さんが置いたんじゃないの？』

母はしらばっくれていましたが、この写真を私は何度も捨てたし、燃やしたこともありました。もしかすると、隼也が子供部屋から持ってきて捨てたものを、ゴミ箱から勝手に取り出したのかもしれません。

思わず、ゴミ箱を漁《あさ》るなんてどうかしてると言ってしまいました。

『ゴミ箱なんて漁ってない』

母が泣きそうな顔をして私の言葉を否定しました」

――写真というのは例の家族写真ですね？　本当にお母様が拾ったと？

「多分。

ただ、これは手元に置いておくべきものじゃないと、それだけは嫌というほど分かっていました。

部屋を出て台所へ行って、写真をハサミで切り裂きました。切り裂いた上で火を点《つ》けて燃やしたんです。乾いた流しの中で、チリチリと縮みながら、ポラロイド写真が焼けていきました」

――じゃあ、もうその写真は本当にないんですね？　他にも変わったことはあったんですか？　例えば、黒い人とか。


「そうですね。隼也はいつも絵を描いてるんですけど、どんな絵を描いているのか、ふと気になって、初めて隼也に絵を見せるように言いました。

　素直に、隼也が私に描きかけの絵を見せてくれました。

　オレンジの丸い枠の中に、沙也加と私、隼也がいました。みんな手を繋《つな》いで仲が良さそうでした。母のことは丸い枠の外に小さく付け加えられていました。ただ気になったのは、枠の外、私の隣に黒いクレヨンで縦長の棒らしきものが描かれていることでした。

　これは何だと隼也に訊ねると、熱心に絵を描きながら、私に目も向けず、知らない黒い人とだけ答えました。

　この絵を見ていると、不安になってきました。黒い人って？　と訊ねてみました。だけど、隼也は自分で描いたくせに、分からないと答えたんです。

　それ以上、絵について答えようとしませんでした。隼也が黒い人のことに言及したのは、あの廃墟以来でした。あの廃墟に佇む、私には見えない黒い人が、この家にまで来ているのだろうか。そう考えると、少し首元が寒くなりました。

　廃墟の中にいるのかと訊ねました。

でも、違うらしいんです。

どこにいるのか聞いたら、私はさらに恐怖を感じるだろうと思って、それ以上のことを聞けませんでした。


三善さんがダイニングで私に母の様子を報告している時に、ふと会話を止めて、思い出すように言ったんです。

『そういえば、お母様、家族はみんな仲良くしようって、最近口癖のようにおっしゃいます。私に言うんじゃなくて、部屋のあちこちに向かって言うんです。高いところにも。鷹村さんより背が高い、あの棚くらいですかねぇ』

ダイニングにある背の高い食器棚を指差したんです。

食器棚は私よりもはるかに高く、二メートル近くありました。

私は思わず笑ってしまいました。そんなにあちこちに向かって言うなんて、いつからうちは大家族になったんでしょうね。

ただ、三善さんの背の高い人という言葉で、私は隼也の絵を思い出しました。

質問と言うほどでもなかったんですが、隼也が描く不思議な絵のことを訊ねました。

すると、三善さんが怪訝《けげん》そうな表情を浮かべたんです。

『絵、ですか？　でも』

私は絵のことを一人で抱え込むのが嫌で、リビングのローテーブルの上に散乱している画用紙を持って来て、三善さんに差し出しました。

三善さんは戸惑った様子で、絵と私を交互に見つめました。

奇妙な絵を隼也が描いていて、何を描いているか聞いても答えてくれないこと、さっき三善さんが話してくれた母のことと似てると笑いながら話したんです。

でも、三善さんは笑えなかったらしくて、真剣に絵を見つめていました。何か躊躇《ため》っている様子でしたが、やがて顔を上げて私を見ました。

『あの、私、鷹村さんが心配です。鷹村さん、お母様の介護やご家族のことで、本当に大変だと思います。もし、何か私にできることがあったら、遠慮なく言ってください！』

急に何を言っているんだろうと、私が黙ったままでいたら、三善さんが頭を下げて謝ったんです。

『出過ぎたことを言ってしまいました、ごめんなさい！　でも、本当に鷹村さんが心配なんです。すごく痩《や》せてしまったこと、気付かれてますか？　疲れていらっしゃるんじゃないかって。差し出がましいかもしれないですけど、私を頼っていただいて構いませんから！』

三善さんが頭を下げました。

私は三善さんの言っていることが飲み込めずに呆然《ぼうぜん》としたまま、彼女の頭を見つめていました。

『すみません』

私が何も言わないことを、怒っていると誤解したのか、三善さんが謝ってきました。

私も気を取り直して、誤解を解こうと思って、母の介護や沙也加が事故で死んだのは確かにそうだと告げました。隼也だけが心の支えなんですと、それも伝えました。あまりにも、三善さんが申し訳なさそうにしていたので、私もつい謝ってしまいました。

私の言葉に、三善さんはびっくりしていました。しばらく考え込んでいる様子でしたが、悲しそうな顔つきでにっこりと微笑んでくれました。

『いいえ、差し出がましいことをしたのはこっちです』

なんとなく気まずくなってしまいました。変な空気のまま、『それじゃあ』と、三善さんは帰っていきました。


リビングに行くと、隼也が叫びながら走り回り、ドスンドスンと音を立てながら、ソファのうえで飛び跳ねていました。

ストレスを抱えているのか、こんなふうに暴れ回ることが多くなりました。

自分でも分かっています。隼也だって何かを抱えているんです。母親を失ったのは隼也にとっても、とてつもないストレスだと思うんです。甘えたくても、父親の私は母につきっきりだし、満足に隼也と遊んでやれませんでした。公園に二人で行っていたのも最初の二ヶ月だけでしたから。

もう長いこと隼也をほったらかしにしていました。お風呂《ふろ》に入れたか、歯を磨かせたか、服を着替えさせたか、食事をさせたか、何もかもが曖昧《あいまい》で、私の頭は母のことでいっぱいでした。

母の真横で大声で叫んだり飛び跳ねたりしているのに、母は穏やかでした。隼也に慣れてくれたんでしょうね。

母に大好物のドーナツを用意して、おやつに出しました。

『ドーナツ、お父さんも好きじゃなかった？　二人でよく半分こにしたわよね』

そう言って、ドーナツを半分に割って、私に渡してきました。

私はなんだかしんみりしてしまいました。

母の中には父と結婚したばかりの自分がいるんだろう。きっと初々しい夫婦だったんじゃなかろうかって。

長いこと孤独だった母にとって、一番幸せな時間に戻れたんですね。この病は、母を恐ろしがらせるけど、慰めも与えてくれているんでしょうか。でも、今この時間から過去へと、記憶が薄れていく病に救いなんてないんですよね。それがやるせなく切なかったです。

夢もしょっちゅう見ました。なんだか不安になる色彩の夢でした。いつも廃墟《はいきょ》の前に立っていて、じっと見つめているだけの夢。

廃墟の中にはさまざまな家族がいました。不安と幸せが表裏一体のまま、じっとりと汗を掻《か》いて目が覚めるんです。

日々、疲弊していく私に、伊藤ケアマネージャーがわざわざ訪問して、提案してくれました。

『鷹村さん、三善から聞きました。これは提案ですが、『デイケアかショートステイを利用しませんか？　デイケアなら日中は自由にできますし、ショートステイは長くは使えませんが、まとまった休息が取れるはずです』

あまり眠れておられないんではと言われて、そんなに酷《ひど》い有様なんだろうかと、情けなく思いました。心配させてしまうほど、私は頼りなかったんでしょうね。

試してみませんかと、伊藤さんが提案してきて、それで、私はショートステイを頼みました。可能かどうか確認を取ってもらい、夕方に迎えに来て貰《もら》うことにしました。

夕方に母を見送った後、私は脱力したようにソファに体を沈めました。お笑い番組に笑い転げている隼也の姿は可愛いけれど、その態度に苛《いら》ついてしまいました。

夕飯も済んで、九時近くなったので、相変わらずテレビを見ている隼也に寝なさいと声を掛けました。

すると、隼也が反抗的な目つきで私を睨《にら》みつけてきました。そのまま無言でリビングを出て行きました。

いつの間にか、ごめんなさいも言えない子になっていました。沙也加の死で、私も隼也もギクシャクしてしまった。隼也がもっと死について理解してくれていたら、少しは寄り添えたんでしょうか。私自身のつらさや悲しさを理解してくれない息子に憤りに似たものを感じているせいでしょうか。

しばらく経って、寝る準備を終えた私が寝室に入ると、隼也がゲーム機を持ち込んで、寝そべったまま遊んでいるのが目に入りました。

隼也の手からゲーム機を取り上げて、絶対に手が届かないタンスの上に置きました。最初はぐずっていましたが、寝られないようで何度も寝返りを打っている。しばらくそうやってゴロゴロしていましたが、とうとう私の耳元で、寝られないと囁《ささや》きました。散歩でもしようと私が言うと、隼也は飛び起きて、夜だけどいいの？　とどこか楽しそうに訊《たず》ねてきました。

散歩をするだけですが、疲れて眠くなるだろうと思いました。

隼也を普段着に着替えさせました。夜に住宅街を歩き回るなんて、学生時代以来だなと思いながら玄関を出ました。

昔なら夜の十時を過ぎたら人気もなくなって、ゴーストタウンのように思えたものでしたが、今はどことなく生気を感じました。ぶらぶらと家の周りを歩き、ふと気付くと丁字路に差し掛かっていました。

夜はぐんと冷え込む季節なのに、塀の内側は相変わらず草木が茂っている。ちょうど街灯の光が届かないのか、廃墟だけが闇に沈んでいました。

街の光を反射して空が灰色に染まっていました。黒々とした木の梢《こずえ》と暗い屋根の輪郭が境目が分からないくらい混ざり合って、空に浮かび上がっていました。

まるで大きく伸び上がった化け物のようでした。

ぼんやりとその光景を眺めていると、隼也が私の手を引きました。

私は隼也を見下ろしました。

私を見る隼也の視線が、私からあの大きな門の内側へと移動していくのが分かりました。

そして、子供部屋の窓から人が見えるって私を見上げるんです。思わず、私も生い茂る枝葉の隙間から、廃墟の窓に目を向けました。

暗くて見えないはずの窓ガラスに、黒い人形《ひとがた》の何かが貼り付いているように感じて、思わず声が漏れて、悪寒が背筋を這《は》いました。

小さな手を握り、強く引いて角を曲がろうとしましたが、隼也はテコでも動こうとせず、窓を指差しました。

よりによって、黒い人が手招きしていると言うんですよ。

私は思わず、やめなさい！　そんな人はいない、と隼也の手をはたいていました。

黒い人のことなど考えたくもなかった私は、隼也を連れて、夜の散歩をやめて家に戻りました。

三日目に、母がショートステイから戻ってきました。

母がいない間、真夜中に起こされることも、定期的に母をトイレに連れていく為に起きることもなく、確かに少しは疲れも取れてきていました。

本音では、母を老人ホームに預けたままでいたい。たった二ヶ月で音を上げていてはいけないいんですが、子育てしながら介護は難しいんです。それに金銭的に無理でした。

最初は意気揚々だった私も、こちらに友人がいるわけでもなく、話し相手もおらず、訪問介護士さんがいても孤独には変わらず、気が滅入《めい》ってしまうのは仕方がありませんよね。

ホームの送迎車を見送った後、母をソファに座らせて、少し会話をしようと話しかけました。

ショートステイの感想を聞こうと思ったんです。

母が私を見つめて、フフッと笑いました。

『なんだか連れ回されて疲れたわ』

私は笑って、お茶を淹《い》れる為に立ち上がりました。

母がお礼を言うのを背中で聞いて、一応、隼也にもココアを飲むか、訊ねました。

心ここにあらずな声音で、隼也が返事をしました。

お茶を淹れながら隼也を観察すると、ラグに寝そべって、ゲームに夢中のようでした。

今日の夕方に、インターネットを設置しに業者が来ます。そうしたら、隼也が、今までお預けを食っていたYouTubeを沙也加のスマホで見られるようになります。そのスマホの中には隼也が本当に小さな頃、乳児から四歳にかけての画像が尋常でないくらい保存されていました。私が写した家族の画像に比べると十倍はある。沙也加は、毎日、隼也の記録をしてきたんでしょう。それを、彼女の死後知ることになるなんて、夫失格、さらに父親失格でした。

隼也はせっかく入れたココアを飲みませんでした。ココアが冷めてしまうよと、隼也に言うんですが、返事をするのもめんどくさそうでした。それでも、隼也の喜ぶ顔見たさに、夕方からYouTubeが見られるようになると教えてあげました。

すると、今まで無視を決め込んでいた隼也が顔を上げました。

ほんと？　と目をキラキラさせて私を見つめてきました。本当に嬉《うれ》しそうでした。いつもこのくらい明るい表情を浮かべてくれたらいいのに。でも、私がその笑顔を殺しているのかもしれません。

隼也が喜ぶ顔を見て気持ちが明るくなるどころか、自分を責めてしまって素直に喜べませんでした」

——その後、お母様と隼也君の徘徊《はいかい》は止んだんですか？

「いいえ、もっと酷くなりました。

夜中にブザーで起こされて慌てて二人を捜しに外に出ました。

左右に延びる道路を見回しましたが、人っ子一人いない。

またあそこなのかと、苦々しく思いながら、足早に丁字路に向かいました。

丁字路の先、あの門の前を見渡しましたが、人影はありませんでした。

違ったら違ったで、これから捜す手間が頭を巡って、気落ちしてくると同時に心配が湧き上がってきました。

一応、門の前まで行って、虎ロープの隙間から、門の内側を覗《のぞ》いてみました。

暗い闇の中に微《かす》かに白っぽいものが二つ浮かんで見えました。

私はすぐにその白い何かが、母と隼也だと分かりました。とうとう虎ロープを越えてしまったと私は焦りました。

二人に呼び掛けましたが、二人ともじっと廃墟《はいきょ》の玄関の前に突っ立っていました。後ろ姿なのでよく分かりませんでしたが、母が引き戸に手を掛けたような気がしました。

母の力では開かないくらいに引き戸が固いのか、ガシャンガシャンという音が聞こえてきました。

それで私は慌てて虎ロープを潜って、母の手を摑《つか》むと、急いで引き戸から離しました。

『何するの』

驚いたように母が口走りました。

帰ろうと促しましたが、母は頑として言うことを聞いてくれませんでした。

『でも、お呼ばれしたのよ』

呼ばれてないと、私は興奮して言いました。説得するのがまどろっこしくて、私は大きな声を上げました。

隼也にも帰るように促したんですが、隼也は無言で虎ロープの外側に走って出て行きました。

『お父さん、よそのお宅の前で大きな声を上げないで』

ここはずいぶん前から廃墟だよと説明して、私は虎ロープの外へ、母を追い出しました。

『そうだったの？　でも』

母はそこで口を閉ざしました。一所懸命、何か考え込んでいるようでした。

『誰だったかしら』

思い出せないのがすごく残念そうに呟《つぶや》きました。

まさか、廃墟の中に入ろうとするなんて。母の身に先輩や舞美さんと同じことが起こらないとも限りません。隼也にしてもそうです。

幼い私が体験した最悪の出来事を、味わうことになるかもしれない。どちらにしてもあの廃墟に関わったら、ろくなことがないんです。

あの廃墟に、私は不吉なものしか感じない。何が起こっていても不思議じゃないと不安でした。

私が見たもの、聞いたこと、それ以外にもあの廃墟で起こった全てが、凄惨《せいさん》で恐ろしいものだと思えてなりませんでした。

隼也が見る、背の高い黒い人はその一端でしかなかったんですよ」

北九州新聞　掲載記事抜粋
一九九五年九月十三日（金）朝刊

九月十二日未明、福岡県北九州市a区の住宅で、臼井和磨《かずま》さん（38）、妻の利恵《りえ》さん（33）、長女の朱里《あかり》ちゃん（8）が殺害されているのが、和磨さんが勤める会社関係者の通報によって発見された。無職の少年（17）は○○病院を退院したばかりで、宅配便を装って臼井さん宅に侵入したと見られている。少年は朱里ちゃんを殺害後、利恵さんと和磨さんを殺害したと供述している。遺体は死後数日が経過していると見られ損壊が著しく、捜査は難航している。

近隣住民取材　音声記録
二〇二四年六月十日（月）

ら。

旧宍戸邸近隣住民の証言①（青柳妙子《あおやぎたえこ》）

篤君の事件ね、知ってますよ。宍戸さんが家を建ててからお付き合いがありましたから。

まさか篤君があんなことするなんて、今も信じられないわぁ。小さい頃から可愛い子でね、お姉さんと一緒にいるところをよく目にしてました。

礼儀正しい子でしたよ。素直な子でね、乱暴なところがない感じで。男の子だけど、おとなしい子でしたね。

やっぱり、ご家族をあんなふうに亡くしたのが原因なのかしらねぇ。

最初、あの土地に家建てるって聞いて、大丈夫かしらって。

いえね、宍戸さんの前に住んでたおばあちゃん、信心深いって言うか。丁字路で車の事故が続いたときに、なんて言うのかしらね、拝み屋さん？　その拝み屋さんに相談したらしいのね。そうしたら、石敢当《いしがんとう》って石柱を建てなさいって言われたらしくて、お祓《はら》いがてら建ててもらったわけ。

そうしたら、びっくりするくらい事故が起きなくなって。へぇ、拝み屋さんって本物もいるのねぇって。

おばあちゃんからは、丁字路には魔物がいるから、家の中に入らせない為にって聞いたんです。

でも、石敢当建てる前に一家離散しちゃったんですけどね。ええ、ずっとおばあちゃん一人。家の中に倒れてたの、見つけたの私なんですよ。九十超えてたから、まぁ、大往生かしらねぇ。

私？　そう、小さい頃はこの辺りに住んでて。結婚して今の家に移ったの。

おじいちゃん、あ、私の父ね。父が言うには、昔はここら辺りの土地は全部竹藪《たけやぶ》で、戦前は同じ一つの敷地だったみたい。戦後に持ち主が手放して、今は何軒か切り分けられて、九世帯くらいが住んでるのかな？　でも、うちは変なこと起こったことないの。知っている限りでは。変だったのは丁字路の宍戸さんの土地だけ。

え？　明治《めいじ》の頃？　ごめんなさいね、ちょっと分からないわ。

宍戸さんちが変だったわけ？　そうねぇ、家が建ったときにいつの間にか石敢当がなくなってたの。とっても気になったから、篤君に声を掛けたんだけど、よく分かんなかったみたいねぇ。

石敢当が無くなったのと、宍戸さんちのご不幸、関係あるか分かんないけど、拝み屋さんがわざわざ建てろって言ったんだから、何か意味があったんでしょうね。

旧宍戸邸近隣住民の証言②（阿《あ》部《べ》辰夫《たつお》：仮名）

あ？　宍戸の家？　あー、あんた何？　マスコミ？

小説家って、何書いてんの。ホラー？　あー怖いやつね。

宍戸のこと聞いてどうすんの。小説に書くの？　名前とか出さないよな？　出したら困るよ。

で？

宍戸んとこの息子か。頭おかしかったんだろ？　親が死んじゃって。まぁ、最初は気の毒だなとは思ったけど、あんな事件起こすんだから、分かんねぇよなぁ。おとなしそうな顔して、やることがなぁ。

そりゃ、最初のは臭いがここら辺りに充満してよ、スゲェ臭くてな。はす向かいの奥さんは文句言いに行ったみたいだな。けんもほろろに追い返されたって怒ってたわ。

警察？　臭いくらいで警察呼べないだろ。え？　呼んでもいいわけ？　へぇ。

でも、結局出てきたわけだろ。ああいうのがここら辺ほっつき歩いてたらって思ったら、夜も眠れねぇよ。

まぁ、「こう」しちゃったわけだから、罪悪感はあったんじゃねぇかなぁ。

旧宍戸邸近隣住民の証言③（原田加奈江《はらだかなえ》）

あんなことがあるなら、越してこなかったわよ。ほんと、土地の価値下がっちゃう。迷惑してるのよ。あれからずいぶん経ったけど、未だにあの空き家に入り込む不良がいて。

それだけじゃなくて、わざわざ自殺しにきたり。

そうね、結局、犯人も死んじゃったじゃない、首吊《つ》って。何も自分の家に戻ってきて首吊ることないじゃない。救急車呼んだり、結構な騒ぎになったのよ。

去年だって、二回も警察が来ちゃって。行方不明とか。

あの家の所有者の宍戸さん、え？　宍戸さんとこの弟さんのこと。そう、今の持ち主。売る気なくてほったらかし。確か行政から、取り壊しの要請が来てたと思う。

ちゃんと管理してないから不良の溜まり場になるのよ。

無理心中なんて、自分はやってないって犯人が言ってたらしいけど、どうだか。

宍戸さんの連絡先？　ちょっと待ってね。

『別冊　事件の真相　国内猟奇殺人編　Ｖｏｌ．３』から抜粋
二〇〇三年一月発行

当編集部は、二〇〇二年に少年院退院後、叔父《おじ》であるY氏の自宅に保護された、宍戸篤(以下、篤)に突撃インタビューを試みた。

凶悪な事件を起こしたにもかかわらず、篤の印象は「おとなしい」青年だった。

我々の急なインタビューを快く受けてくれ、その態度に凶暴な一面は見いだせなかった。

悍《おぞ》ましい事件の全貌《ぜんぼう》を語る篤自身の生々しい証言を、読者諸君にも味わっていただきたい。

＊

今、おじの家に住まわせて貰《もら》っています。少年院の病院に七年くらい入院して、退院してから半年経ちます。

十五歳の時に入院してた病院では、主治医の先生が何遍もぼくの家族のことを訊《たず》ねてきました。最初は姉や母の話をしていましたけど、だんだん、このままだとぼくは、一生この病院にいないといけないんじゃないかな、と思えてきたんで、悲しいですけど、姉と母はもういないって、主治医に話しました。嘘は吐いてませんよ。ただ、ぼくの側にいないだけですから。

今？　はい、実は今もいます。

姉は、まだぼく達の家にいます。母が父の魂を繋《つな》ぎ止める為にやった儀式のせいで、あの家から出られないんですよ。

前の病院を退院する時に、家に帰れると聞いて、ぼく達の家に帰れるんだと信じてました。

車に乗せられて着いた場所は、おじの家でした。

ぼく達の家のことを聞いたら、臼井さんという家族が住んでるって言われました。知らない間に、おじはぼく達の家の権利を自分の物にしたみたいです。名義はぼくになっているけど、実質おじが手に入れたんです。

でも、それを責めたりしない。おじがぼくの面倒を見るから、ある程度は譲歩しないとって思ってます。

ただ、ぼく達の家に帰るくらいはいいんじゃないかって思ってました。ぼくの家族はまだあそこにいるからです。

姉が言った、完璧《かんぺき》な家族になる為に、ぼくはあそこに帰らないといけないって思ってました。

問題は、姉が体を持ってないってことでした。

姉をこの世に繋ぎ止める為には、肉体を用意しないといけないと思ったんです。これは母からの受け売りですけどね。

それと、これが重要なんですけど、姉がまた蘇《よみがえ》る為には、魂が肉体から離れたのと同じ状態にしないといけないってことなんです。そのほうが魂と肉体が繋がりやすくなるんですよ。母はそこに失敗したんだと思います。

何度か、ぼく達の家に行ってみました。

確かに臼井さん家族が住んでました。臼井さんの家族は、お父さんとお母さん、それから小さな女の子の三人家族でした。ぼくはここにいますから、姉の体だけ用意できればいいんです。

家の前に立って、塀越しに窓を見たら、姉の部屋の窓から父と母、そして姉がこっちを覗《のぞ》いてました。この家にぼくと姉と、思い出せないんですけど、もう一人いたら完璧じゃないかなって思ったんです。

ぼく達家族が全員揃うのは久しぶりだから緊張しました。

ただ、今ある魂は、必要ないんです。ぼく達がいましたからね。

ぼくは量販店で包丁と帽子を買いました。ぼくが帰ってきたって言うよりかは、宅配便ですって言ったほうが、家の中に入りやすいですよって、テレビのニュースでやっていたんです。多分、その人も家族になる為にそうせざるを得なかったんでしょうね。

よく分かりますよ。

ただ、それだけじゃ駄目だと思いました。

ぼく達の家には、黒い影がいるんです。黒い影はぼく達の願望を叶《かな》えてくれます。とても強く願えば、その通りになるんですよ。

だから、父はぼく達を殴るのがやめられなかったし、母は父の魂を繋ぎ止める儀式に成功したんじゃないですか？

ぼくは、ぼく達家族が完璧な家族でいられるようにしたかったんです。母と違うのは、ぼく達は、姉とぼくとそれと、誰だっけ？　とにかく三人の完璧な家族になりたかったんです。

だけど、黒い影はぼく達の願いを叶える代わりに、たくさんの人を求めてました。じゃなかったら、あのとき、ぼく達の家に入ってこなかったんじゃないかなぁ。入れたことを喜んでたような気がするし。あのときは怖かったけど、今はそれほどでもないですね。むしろ、黒い影のおかげで、完璧な家族になれたんじゃないかって思えてます。

今でもはっきり覚えてますよ。あの日、おじの家を抜け出して、ぼく達の家に帰ったんです。塀越しに姉の部屋が見えました。窓に姉が張り付いてました。ぼくのことが分かるんですね。手を振ってましたよ。

インターホンを鳴らして、ぼくは姉が出るのを待ったんです。

どなたですか？　って、幼い可愛らしい声が聞こえたから、ニュースの通りに答えてみました。宅配便ですって。そしたら、今行きますって、すごく嬉《うれ》しそうに答えてくれたんです。やっぱり、姉はぼくの帰りを待ってたんですね。

引き戸が開けられて、姉が顔を出したので、首を摑《つか》んで、そのまま玄関の三和土《たたき》に上がりました。上がりかまちに押し倒して、お姉ちゃん、今だよ！　って、姉の首に包丁の刃を当てて横に引きました。

あっという間だったから、姉は抵抗できなかったみたいで簡単でした。

ぼくは姉を抱き上げて、リビングに入ったんです。

ダイニングテーブルの椅子に座らせて、母が帰ってくるのを待ちました。

でも、このままダイニングで待っていると、母になる前だから怖がるかもしれないって思いました。仕方ないから、廊下に出て、洗面所の前で待ちました。

正直、母はどうしようかって思ったんです。でも、とりあえず、母も家族に入れてあげようと思いました。この儀式を教えてくれたのは母でしたし。

どのくらい待ってたか、ぼんやりと立っていたら、玄関で音がしました。

引き戸が開いた途端、悲鳴が聞こえてきて、母が飛び込んできました。リビングへ続く引き戸を開けた時に後ろから背中を刺しました。

うつ伏せで倒れた母にまたがって、何度か包丁を背中に突き立てました。骨に当たって、何度も刃が引っ掛かったけど、力任せに刺していると、そのうち胸まで貫通しました。

母も、姉も、あのとき、そのくらい刺してましたし。

母もダイニングの椅子に座らせました。

後は父だけでした。

父はすぐに殴ってくるから、ちょっと厄介だって思いました。なかなかいい方法を思いつきませんでした。

何かないか探してみたら、庭に見覚えのないコンテナを見つけたんです。覗いてみたら、鎌がありました。本当なら父はロープで照明に吊《つる》さないといけなかったんですけど、それは別にしなくていい、必要ないからね。父はいなくていいって判断しました。別に、母の反対意見は聞かなかったです、はは。

とにかく、鎌を持って、キッチンの陰に座りました。引き戸の側だから、部屋を暗くしたらちょうど死角になって、気付かないだろうって思いました。

父はなかなか帰らなかったんですけど、それも想定済みです。父が帰らないのはいつものことでしたから、待っていればいずれ帰ってくると思いました。

外が暗くなってきた頃、引き戸が開く音がしました。部屋の中の電気が全部消えてることを不思議がってました。父は、よその子の名前を呼びながら、リビングの引き戸を開けました。

サッシから外の明かりが少しだけ入っていましたから、姉と母の輪郭が暗い部屋でもよく見えました。椅子に座った母の肩に父が手を置いたときに、父を背後から切りつけました。

鎌の刃が父の首に突き立って、鎌を抜いたらそこから勢いよく血が繁吹《しぶ》きました。ぶわーって。

父は面白いくらいくるくると回転しながら、リビングに倒れました。

父の血を顔に浴びて気持ち悪かったですね。ひと仕事終えて、結構疲れました。

父をソファに寝かせて、ぼくと姉と母はダイニングテーブルに着きました。

そしたら、胸がすごく熱くなって涙が出ました。こうして家族揃うのは久しぶりだねって、姉に話しかけました。

ずっと、姉に会いたかったんです。誰も、姉のことを教えてくれなかったから、ずっと心配でした。

そうだね、篤って、姉がぼくを見て、にっこりと笑ってくれたのが嬉しくって。母もニコニコしてぼくを見てました。

気が付いたら外は真っ暗だし、八時になってておなかが空《す》いたんで、姉におなかが空いてないかって聞いたんです。

そしたら、ぼくのご飯はおいしいから楽しみって言ってくれて。

あの頃、ぼくがご飯を作る係だったんですよね。だから、久しぶりだったけど、ずっと考えてたレシピに挑戦するときだって思って、夕飯を作るって言ったんです。

やった、楽しみ！　って姉が言ってくれて、母もすっかりご飯係が板に付いたわねって喜んでくれて。

ぼくは玄関に行って、床に散らばっていた食材を手に取って、今夜作る食事のレシピを考えました。

落ちた食材と血で、床がすっかり汚れてて、面倒臭いけど掃除しないとって思いました。

リビングとキッチンの照明を点《つ》けて、料理を始めました。

母達がいつの間にかテレビをつけてお笑い番組を見てました。それとも父がつけたのかな。どっちでもいいけど、父はソファに寝そべってテレビを見てるようでした。

平和で、温かな雰囲気でしたよ。

でも、足りないものがあるんですよね。家族です。なんか家族がまだ足りないって感じました。すごく大切な人がいたのに、忘れちゃった。なんだったか思い出せなくて。

長い間ずーっと、たくさん薬を飲まされて、記憶がぼんやりしてましたから。とっても大事な家族なのに。ちゃんと揃ったら完璧《かんぺき》になれるのにって、悔しかったです。

実はね、家に帰ってきたときから、リビングの黒い影を無視してました。睨《にら》みつけたんですけど、黒い影って、いくらぼくが怒ってもへっちゃららしくて。いっつも要求ばっかりしてくるんです。黒い影がもっともっと人を寄越せって言うんですよ。

姉や母、父がいなくなったとき、黒い影がぼくに言ったんです。たくさんの人が必要だって。もっと人が必要だってぼくに囁《ささや》くんです。

確かに、人がいたほうがいいかもってぼくも思いました。だって、必要じゃないですか？　うーん、完璧な家族とか完全無欠の家族って。なんでか説明できないけど、そう思ってます。

ぼくと姉とすごく大切な誰か。みんなが揃っていて、穏やかで愛情溢《あふ》れた、思いやりのある家族。完璧に思える家族って人それぞれですけどね。母の場合は、父とぼく達でしたし。

いくら説明しても黒い影は家族がなんなのか分からなかったみたいでしたけど。

話が脱線しちゃいましたね。夕飯を作ってたとこまで話しましたっけ？

野菜を切って、フライパンで炒《いた》めて、スパイスを絡めたお肉をオーブンに入れて、結構本格的でしょ？

肉の焼けたおいしそうな香りに、部屋全体が包まれて、ものすごくうまくできたって思いました。

肉と一緒に焼いた野菜を肉の周りに盛りつけて特製ソースを掛けてから、テーブルに置いて、取り皿を並べて、父に声を掛けました。

それなのに、いらないって言うんですよ。父はいつもこうやって人の気持ちを台無しにするんです。

姉が、ビールの飲み過ぎ！　おなかが出てきておじさんっぽくなっちゃうよってからかってました。

それは嫌だなぁって、父が困ったように言ってました。

みんなが気まずくなるから、たまには一緒にご飯を食べない？　って誘ったんですけど、俺はいいって。

本当にぶち壊しですよ。少しくらい、家族で団欒《だんらん》してくれてもいいのに。だから父は要らないんです。

そしたら、案の定、母がお父さんも揃って初めて完璧な家族なんだからって、父を庇《かば》うんですよね。

だから、姉も、お母さんは自分のことばっかりって、怒っちゃうんですよ。

雰囲気が悪くなってきちゃったのに、思わず、お母さんにとっての家族はぼく達じゃなくてお父さんだろって言ってしまいました。大事なのはぼくと姉と。

それと。

ぼくが黙ってたら、姉から、思い出せないんだったら完璧な家族になる為に、家族を作っちゃおうって提案されたんです。

あ、そっか。見つかるまで作ってみたらいいんだって、姉のアイデアはさすがだなって思いました。

話が落ち着いたから、食べようってみんなに言いました。

みんなで食卓を囲んで、ぼくの手料理を食べ始めました。

みんな、うまく料理を飲み込めなくてしょっちゅう血を吐いてました。そのたびにぼくはみんなの口元を拭《ふ》いてあげました。

こんなにおいしいのに、最後まで食べてくれなくて、結局、捨てることになっちゃいましたけど。

せっかく作ったのに、みんな残すなんてって文句を言ったら、姉がごめんねって手を合わせて、いたずらした時みたいに謝ったから、なんだかおかしくって、笑っちゃいました。明日《あした》はみんなが食べられるものを作ろうと思いましたよ。

そんなことを考えながら、ぼくは姉を抱き上げて、部屋に連れていきました。

姉の寝顔を見ながら、顔に付いた血を拭《ぬぐ》ってあげました。

その時、あー、忘れてたって、玄関の汚れ、この後掃除をしないといけないことを思い出しちゃいました。結構汚れてたから、掃除しないといけないって分かってましたけどね。

でも、このままずっと姉を見てたい。姉が大好きって。人に話すと恥ずかしいけど、ずっと一緒にいたいなぁって考えてました。

でも、みんな、お風呂《ふろ》に入らないから臭ってきたんですよね。前みたいに臭くなるよって言っても、お風呂に入りたがらないんです。困っていたら、玄関のチャイムが鳴りました。

インターホンに出てみると、父の会社の人みたいでした。

臼井和磨さんはいらっしゃいますか？　って聞かれました。

玄関の前に、若い女の人と年配の男の人が二人、並んで立ってました。引き戸を開けた途端、二人がすごく顔を顰《しか》めて、鼻を隠しました。

なんの臭いですかって若い女の人が嫌な目つきでぼくを見ました。

そんなに臭いますか？　って反対に聞いてやったんです。だって失礼でしょう。誰だって調子が悪いときはお風呂に入れませんから。

男の人がきょろきょろ、ぼくの背後を見回してました。

臼井さんはご病気ですかって聞くんです。臼井さんって誰だっけ？　って思いましたけど、父の名前を間違えてるだけだなって思ったんで、体が怠《だる》いそうですって、今朝父が言ってたことをそのまま伝えました。

そしたら男の人が、父が無断欠勤してるって言うんですね。

そんなこと聞いてないなぁと思って、その通り、父に伝えました。

男の人が、父と直接話がしたいって言い出したんです。

しつこく言われて、仕方ないので家に上げました。

リビングの引き戸を開けた途端、二人ともオエッってその場で吐いちゃったんですよ。驚きました。

謝りながら吐き続けていたけど、引き戸越しに見えたんでしょうね。ダイニングテーブルの椅子に座っている、姉と母を目にした女の人が悲鳴を上げました。

男の人も床に尻餅《しりもち》をついちゃったんですね。

なんで、そんなふうに吐いたり、ひっくり返ったりしてるか分かんなかったんですけど、女の人が男の人に言われて、警察に連絡し始めたんです。

ぼくはあっけにとられて二人を見てました。

騒がしいのに気付いた母がどちら様？　ってぼくに聞いてきたので、父の会社の人だと答えました。

何のお構いもせず、なんて母はかしこまった感じで二人に声を掛けたのに、二人とも電話に夢中で。返事をしないとか考えられないですよね。

姉が父に、会社の人だよって声を掛けてくれました。父はソファに寝そべったまま、分かったって言うだけで起き上がりもしなかったです。

すっかり怠け者になったみたいでした。二週間くらい、父が起き上がったのを見たことがありませんでした。

そのうち、外が騒がしくなってきて、開いた引き戸から警察官が顔を覗《のぞ》かせて、ウワッて言ったと思ったら、鼻を押さえて顔を顰めました。

上がりますよって、勝手に上がり込んできて、臭いを我慢してる様子でリビングに入ってきました。

警察官の一人が怖い声で、本当にご家族の方？　って聞いてきたんです。ちゃんと家族ですって答えましたよ、当たり前じゃないですか。呆《あき》れちゃいました。

どんどん騒がしくなって大勢の人が入ってきました。ぼくはスーツ姿の刑事さんに、「詳しい話」を聞かれて、正直に話しました。

ぼくの家に帰ってきて、普通に家族と生活してたって。でも、いくら説明しても分かってくれなくて、ちょっとイライラしましたね。

刑事さんに手錠を掛けられた時は、びっくりしました。いろいろと早口で言われたけど聞き取れませんでした。そのまま外に連れ出されて、パトカーに乗せられて、警察署に連れていかれました。

結局、また病院に連れ戻されちゃって。今度は少年院の病院でした。

時々、新しい主治医の先生と家族の話をしましたね。

あのときどんな気持ちだったか、どうしてそんなことをしたのか、今はどんな気持ちか、どうすればあんなことをしなくなるかって、そういう話をしたんです。

ぼくは正直に話しましたよ？

完璧《かんぺき》な家族になろうって、姉達と話をしたって。

＊

読者諸君、これをどう判断するかは、君達の自由だ。

篤が恐ろしい罪を犯したことは明白である。

無惨にも殺害された臼井一家の無念は晴らされるのか。それとも、宍戸篤の残酷極まりない妄想によって、新たな悲劇が生み出されるのか。
当編集部は、今後も篤の動向を注視していくことにする。

オカルト超常現象オカルト太郎@5ちゃんねる掲示板
最終更新日：二〇二四年六月十三日（木）

【福岡心霊スポット】虎ロープの家について教えてくれ【地元最凶】

0001。本当にあった怖い名無し 2023/09/03（日）22:25:01.08

[redacted]町の虎ロープの家で起こった行方不明事件とかについて教えてくれ

0002。本当にあった怖い名無し 2023/09/03（日）22:27:52.01

俺が知ってるのはユーチューバー大学生失踪《しっそう》事件なんだけど。
それ以前になんかあった？

0006。本当にあった怖い名無し 2023/09/03（日）23:31:48:72

＞＞1
なんも知らんヤツ発見w

虎ロープの家は殺人鬼の家。

0009。本当にあった怖い名無し 2023/09/03（日）23:35:59:41

>>1
昔は地方最凶心スポスレがたくさんあったけど。
見かけなくなった。

0014。本当にあった怖い名無し 2023/09/03（日）23:38:41:92

>>6
殺人鬼って例の？

>>9
いいな
それ見たかった

0015。本当にあった怖い名無し 2023/09/03（日）23:39:33:25

宍戸邸一家心中事件。
臼井家皆殺し事件。
最近だと無理心中事件かな。これは伝手《つて》で聞いた。
行方不明はむちゃくちゃある。直近は鹿児島本線高木《たかぎ》。

0016。本当にあった怖い名無し 2023/09/03（日）23:42:06:71

＞＞15
サンキューな
他にある？

0029。本当にあった怖い名無し 2023/09/03（日）23:56:59:12

北九州市の虎ロープの家、凶家相で有名。
丁字路に家を建てることを風水では、路殺、又は路冲殺《ろちゆうさつ》と呼ばれててな。
路殺は風水の考え方において最も致命的と言われている。
まさに北九州の虎ロープの家はその最も凶悪な路殺に当たり、さらに、悪影響を及ぼす強いエネルギーが玄関から家の中に流れ込むように作られている。宍戸家がそれを意図したのならば、最凶最悪な家相と言えるだろうな。

0030。本当にあった怖い名無し 2023/09/04（月）00:14:51:55
〉〉29
長文乙w

0031。本当にあった怖い名無し 2023/09/04（月）00:15:11:69
〉〉15
もう少し詳しく

0032。本当にあった怖い名無し 2023/09/04（月）00:26:37:91
三十年前に一家心中があった。
宍戸家無理心中事件。親父は自殺。母親は姉に刺されて死んだ。姉は自殺。宍戸篤は死体と一ヶ月生活した後、措置入院。入院中の日記があるらしい。

臼井家皆殺し事件。臼井家三人家族を宍戸篤が惨殺して、死体と二週間生活したヤツ。

少年院に入ったけど、出た後、虎ロープの家で自殺。


0034。本当にあった怖い名無し 2023/09/04（月）00:33:23:75

この前、北九州の虎ロープの家に行ってきた。

噂通り、超やばい。

霊感のある友人を連れて、中に入ったら、座敷にある押し入れから、とんでもない霊気を感じたらしく、友人は早速リタイア。

めっちゃオーブが飛んでた。

撤退して数日経ったけど、何も起こってない。


0048。本当にあった怖い名無し 2023/09/04（月）01:46:33:17

>>34
凸乙w
わいが知ってるのは、一人目、宍戸研一《けんいち》リビングで首吊《くびつ》り。宍戸篤もリビングで首吊り。リビングで首吊りする自殺者が多数。最近もあった。
ちょっと数えきれんくらい首吊ってる。別名、首縊《くびくく》りの家っつーだけあるわ。

0049。本当にあった怖い名無し 2023/09/04（月）01:57:34:26

＞＞32
サンキューな
宍戸篤、相当ヤバいな。

0063。本当にあった怖い名無し 2024/06/13（木）23:59:59:99

X上に伝説の心霊写真があるんだけど。
ずいぶん昔にバズった画像。
忘れられた頃にRPされて、いつの間にか消えるらしい。
虎ロープの家の内部で撮られた家族写真らしい。
Xのリンク貼ってあるから、おまえら何が見えたか教えてくれ。

二〇二四年六月十五日（土）

メモ

篤の日記入手！

宍戸から鷹村の連絡先聞けた！　携帯番号　090-××××-××××

すぐ連絡すること

承諾もらえた！

6／23〜　日曜のみ　2024年7月23日〆切

かなりすごい取材ができそう

昨日の夜、5チャンネルのスレッド確認。

Xの画像見た。平凡な家族写真。普通の写真でガッカリ

明日、ダイくんに見てもらおう。怖がるかな？

6／16　ダイくんと式場選び。楽しみ！

【閲覧注意】　実録！　虎ロープの家で
一人かくれんぼをしてみた【最凶心霊スポット凸】
二〇二三年七月二十二日（土）　ＹｏｕＴｕｂｅライブ配信記録

こんばんはー。オカルト突撃チャンネル鹿児島本線高木です！

えー、今日は、福岡県北九州市の某所にある、虎ロープの家に来てます！　もちろん臨場感溢《あふ》れる生配信でーす！

みなさんは、「臼井家皆殺し事件」を知ってますか？　殺人で医療少年院行き、一応犯罪少年って言うんですかね、宍戸篤という未成年の男性が臼井さん家族を全員殺して、発見されるまで一緒に暮らしていたという、猟奇殺人事件です。

事件以降、形だけ虎ロープで閉鎖されていますが、首吊り自殺があったり、その後も行方不明者が出たりと怪しい噂で有名ですね。

というわけで、バリバリよかろーもんチャンネルの博多ラーメンマンさんに協力して貰《もら》って、ここで「一人かくれんぼ」をします！

ただいま、時刻は午前三時です。

この熊太郎《くまたろう》のぬいぐるみと生米、果物ナイフ、針と赤い糸、洗面器と水、俺の爪、塩水の入ったコップを準備しました。

昼間ロケハンで、すでに定点カメラ設置済みです。

俺もカメラ装着して、俺1カメと定点2カメの2窓でライブ放送します。

あ、くりごはんさん、こんばんはー。トンビさん、こんばんはー。あー！　太古トリケラトプスさん、スパチャありがとうございますー。

どっちも見えてますか、えー、音声大丈夫ですか？　あ、大丈夫ですね。オーケーオーケー。

ぐだぐだ話してないで、早く入れって？　まぁまぁ、みなさんの期待通り、今日こそ神隠しに遭ったりしてね。

でも！　俺、ノンオカルト体質なので、それを利用して、様々なオカルト事件現場の検証をするチャンネルになってます。

この虎ロープの家に入った勇気ある猛者《もさ》が本当に行方不明になったのか、果たして俺も行方不明になるのか、みなさんの目で見届けてください！

それでは！　行ってきます。

えー、この虎ロープまじで意味あるんかな。潜《くぐ》っちゃいますよー。

草ぼうぼうですねー。一体いつから放置されてるんでしょうかねぇ。

臼井家皆殺し事件で宍戸篤の犠牲になったのは、最初は、当時八歳の朱里ちゃん。宍戸篤は朱里ちゃんの首を包丁で切りつけて殺しました。その現場が玄関になります。

よっと、鍵《かぎ》掛かってないんですよねぇ。不用心ですね。

お邪魔しまーす。土足で上がらないとかなり床も壊れているので危険です。

うわ、埃臭いです。え？　オーブが飛んでるって？　犠牲者の魂が飛んでいるんですかねぇ。

見えてるかな。この引き戸の場所で奥さんの利恵さんが、背中を何ヵ所も刺されて亡くなった現場になります。

えー、「一人かくれんぼ」はもう始まってます。洗面所はこちらになります。ここ死角になりますね。宍戸篤はここに隠れていたと言われてます。

よっ、ドアが固い。お風呂場《ふろば》に続く脱衣所ですね。風呂場に入ってみまーす。

カビ臭っ！　湿気がすごいですね。もう水とか止められてるんですけどね。

さて、ここでまず、熊太郎のおなかを割いて、綿を出します。空っぽの熊太郎のおなかに生米と爪を詰めて、赤い糸で縫っていきます。

（十分経過）

やだな、無言になっちゃうなぁ。さてと。

「最初の鬼は鹿児島本線高木だから。最初の鬼は鹿児島本線高木だから。最初の鬼は鹿児島本線高木だから」

舌嚙《か》みそう。

持ってきた洗面器に水を入れていきます。熊太郎を水に沈めます。

ここで一旦《いったん》風呂場を出ます。十、数えるかな、いーちにーさーんしーごーろーくひーちはーちきゅーうじゅーう。

風呂場に戻って、足下悪いなぁ。よいしょ。

「熊太郎、見つけた」

では、熊太郎をこの果物ナイフでグサッと。なんか、俺も人殺し気分になっちゃいますね。不謹慎か。すみません。

「次は熊太郎が鬼だから。次は熊太郎が鬼だから」

じゃあ、今から押し入れに行きます。テレビがないので、手順は狂いますけど、みなさんのコメントをテレビに見立てます。緊張してきた。

では、リビングの座敷に行きます。押し入れがそこにしかないんですよね。

二時間くらいで終わらないといけないんですけど、怪異が起こるまで待つつもりです。

引き戸を開けてリビングに入ります。

左手にキッチンがあります。ここに宍戸篤は隠れて、ダイニングに行った和磨さんを殺害しました。

今もダイニングには犯行時のテーブルと椅子が置いてあります。やべー。このシミは血ですかねぇ。宍戸篤はこの椅子に利恵さんと朱里ちゃんを座らせていたとあります。

恐怖の血の晩餐《ばんさん》をおこなったのもここです。

和磨さんだけ、リビングのソファに放置されていたそうです。男の扱いが雑ですね。

座敷に上がりました。押し入れの前に定点カメラを仕掛けてます。

俺は押し入れに隠れます。まじで熊太郎が来たらビビるな。

俺が押し入れに隠れている間、博多ラーメンマンさんがライブを引き継ぐ手はずになってます。喋《しゃべ》ったら駄目なんで。

押し入れは落書きもなくて綺麗《きれい》です。昼間見たときも押し入れだけ綺麗だったんですよね。

じゃあ、みなさん、ここから俺は無言ですんで、実況は博多ラーメンマンさんにお願いします。

はい、博多ラーメンマンです。

今、高木さんが押し入れに入りました。ナイトモードに切り替わってますかね？

うわぁ、ぼくはちょっと無理だなぁ。怖い！　ノンオカルト体質の高木さんだからできることですね。

あ、コメント見てますよー。マリリンさん、スパチャありがとうございますー。

（十分経過）

何も起こりませんねぇ。熊太郎、まだ風呂場にいる模様です。

余裕みたいですね、高木さん。みなさん見えてますかね。ははは、親指立ててますね。

中指じゃなくて良かった。

えーと、そうですねぇ。虎ロープの家は、所有者がいるみたいですけど、陰惨な事件のせいか、ほぼ放置ですね。鍵も掛けてるようですけど、いつも鍵が壊れてるんですよ。誰かが壊してるのかな。

（二十分経過）

え？　影？　２カメに影が映ったみたいですね。高木さんが出たのかな。え？　出てないみたいです。手が見えます。違うってジェスチャーですかね。

音？　なんか、音が聞こえます。なんか軋《きし》む音ですね。高木さん、聞こえてるかな。聞こえてますか、高木さん。聞こえてるみたいですね。

ヤバい、幽霊ですかね。

（十分経過）

あれ？　２カメ、何かゴミが付いたのかな。みなさん、見えてますか？　影？　ぼくは見えないです。

え？　え？　アップ？　顔の？　全然分からないです。どこに？

くるくるしてる？　映像が切れ、て、るんですか？　おかしいな。ひ、るま、ちゃん、と、確認し、たんで、すけど。

（２カメの映像が乱れる）

（雑音）

（五分経過）

あれ？　え？　あ！　直りました？　ああー、音声は大丈夫ですか？　聞こえる？

あ、良かった。

高木さーん、そちらはどうですか？　親指立ててますね。大丈夫みたいです。

ん？　何か聞こえませんか？　さっきも聞こえた、なんか、ぎぃぎぃ言ってないですか？

あれ？　1カメ、何も映ってない？　真っ暗だ。高木さん、機材トラブル。1カメ、何も映ってないって。

高木さーん。高木さん、どうしました？　あれ？

（2カメの映像が乱れる）

（雑音）

（二分経過）

おかしいな……。すみません、機材トラブルみたいです。

え？　ぼくも行けって？　いやぁ、行くんですか？　ぼくはノンオカルト体質じゃないから、どうしよう。

「うわっ」

え？　高木さん？　今、悲鳴が聞こえましたよね？　まずいなぁ、まずい。まじヤバい。まじ。どうしよう。え、行かないといけないですか？

熊太郎が来たって？　いやぁ、ヤバいって。絶対行かないといけないですか？

あ、2カメ戻った。今度はクリアですね。でも1カメは駄目みたい。

高木さーん。

高木さーん。

高木さーん。

（ライブ映像はここで切れる）

『バリバリよかろーもんチャンネル』
博多ラーメンマン氏ＬＩＮＥ通話取材　音声記録
二〇二四年五月三十一日（金）

――今日は取材に応じていただき、ありがとうございます。Xのダイレクトメールでお伝えしたとおり、鹿児島本線高木さんの動画について質問があるのですが、教えていただけますでしょうか。

「これ武勇伝みたいに思われて、あんまり話すの気が向かないんですけど、信じてくれるって言うんで、思い出せることだけ」

――失踪《しっそう》した高木さんとはどちらで知り合われたんですか？

「高木さんとは、コラボ配信、あ、コラボっていうのはチャンネルの配信者が別チャンネルの配信者をゲストに迎えて、企画動画を配信することを言うんですけど、あの時は彼から心霊スポット凸の企画を提案されたんです」

――どうしてコラボを承諾したんでしょうか。

「彼の登録者数、三万人超えてて、ぼくはようやく千人行ったか行かないかくらいで。コラボ配信を見た、彼のチャンネルを登録しているリスナーが、ぼくのチャンネルも登録してくれるかもって思ったんです」

――企画自体は問題にしてなかった？

「北九州の最凶心霊スポットなんですよ、あそこ。福岡だと犬鳴《いぬなき》トンネルがあるじゃないですか。そっちまで行くのは遠いんで、じゃあそこにしようって。警備がザルなのは、界隈《かいわい》じゃあ有名で」

――選んだのは偶然近かったから？

「それだけじゃないです、もちろん。だって、二度も宍戸篤が死体と生活したっていう、めっちゃヤバい家ですから。これ、ここら辺じゃみんな知ってることですよ」

――ここら辺と言うと、近隣ってことですか？

「まぁ、そうだと思いますけど。ぼくが知ってる限りじゃ、心霊スポット凸やってる北九州の配信者で知らないヤツはいないですね。まず心霊スポット行こうって話になったら、ここっていうくらい、有名です」

——一人かくれんぼを選んだ理由は？

「えー？　一人でできる降霊術だからです。と言っても、彼、どの心霊スポット行ってもいつも一人かくれんぼやってる猛者《もさ》だったし。廃村の廃墟《はいきょ》でもやっちゃってるから。多分、それが好きなリスナーが多かったんじゃないですか？　次はどこにするってアンケート取って、そこになったっていう。むしろまだ行ってなかったんかいっていうか」

——じゃあ、偶然というわけでもなかったんですね。

「信じられないと思いますけど、彼、前は超ビビりだったんですよね。あのときは吹っ切れた感じでしたけど。それまでは多分、わざと避けてたと思います。だから後回しになってた」

——ビビりだったのに、心霊スポットで一人かくれんぼをしたと？

「なんか、福岡の犬鳴トンネルに一人で凸《トツ》したとき、怖いの限界を超えたらしくて、それ以降はどこ行っても怖くなくなったって言ってて。自分で自分のこと、ノンオカルト体質って言ってました」

――動画でも言ってましたね。ノンオカルト体質って何ですか？

「要するに、霊障に遭わないってヤツです。幽霊に取り憑《つ》かれないとか、危ない目に遭わないとか、呪われないとか」

――でも、失踪しましたよね？

「あれは、俺、失踪じゃないんじゃないかなって思ってます。神隠しに遭ったみたいな」

――神隠しって、どういう意味ですか。

「あの家で神隠しになるヤツが多いって噂です。そうじゃないヤツは自殺が目的って言うか。あ、神隠しになるって、肝試しに行ったヤツらとか、配信者ってことです」

――他にも神隠しに遭った人がいるってことですか？

「神隠しというか、あの家に侵入して生配信してた配信者の中には、そのまま、更新が止まっちゃうヤツもあって、それで超ヤバいって言われてるんです。高木さんもそのパターンです」

――高木さんの動画拝見しました。

「どうも。ぼくの動画も見ました？」

――最近のものなら見ました。それであなたも旧宍戸邸に？

「警察に何回も聞かれたんですけど、ぼく、中に入ってないんですよね。入ってたら、彼と同じになってたかも。リスナーはもう一回行けって言うけど、それが怖くて、もうオカルトやめたんです」

――カメラは、高木さんと、押し入れの前の二台でしたよね。

「そうです。後は、ぼくのスマホで配信してました」

――それには何も映らなかったってことですか？

「映らないって言うか、2カメの定点では、押し入れのふすまが開くとこ撮れてなかったんです。1カメ、彼が持ってたスマホですけど、突然画像がオフになって、何遍か呼びかけたんですけど、全然返事なくて。それでパニクっちゃって。ぼくの配信見てたリスナーが、警察に通報したほうがいいって言ってくれて、それで警察に電話したんです」

――消えた原因というか、痕跡《こんせき》はあったんですか？

「それが、警察が押し入れの中にスマホがあったって言ってました。配信では画像が映ってなかったんですけど、警察が動画調べた後、今度は不法侵入で。かなりきつかったです」

――では、警察は神隠しに関しては、あなたが犯人じゃないと信じてくれたということですか？

「それは分かりません。動画を見せてくれなかったし。でも結局、ぼくは不法侵入はしてなかったってことで、家に帰れましたけど」

――スマホはどうしたんですか？

「多分、高木さんの家族が持ってるんじゃないですか？」

――見せてもらったことは？

「ありませんよ。高木さんがどこに住んでるのかも知らないし」

――2カメに顔っぽいものが映ったとありましたけど、あなたは確認しました？

「それがー、怖くて確認してません。音がしたのは確かです」

――その画像を確認できる箇所って動画のどの辺りですか？

「えーと、どの辺りだったかな。確か、三十分辺りです」

――ところで、旧宍戸邸の住所って分かりますか？

「調べないと分からないんで、ＬＩＮＥに住所送ります」

――お願いします。今日はお忙しい中、取材に応じていただきありがとうございました。

二〇二四年五月三十一日（金）

メモ

ＹｏｕＴｕｂｅ動画の顔？　コントラスト調整　人の頭部らしき黒い影

旧宍戸邸　住所確認済み

北九州市〇〇区[redacted]町×－×

追記

一人かくれんぼの手順　ウィキペディア参考

①　用意するもの：手足のあるぬいぐるみ（名前を付ける）と生米、果物ナイフ、針、赤い糸、洗面器、水、実行者の体の一部もしくは血液、塩水が入ったコップ。
②　開始は午前3時ちょうど。
③　ぬいぐるみのおなかを割いて、綿を出す。空っぽのおなかに生米と実行者の体の一部を詰める。赤い糸で縫う。
④　風呂場で、ぬいぐるみに「最初の鬼は（あなたの名前）だから」と三回唱える。
⑤　洗面器にぬいぐるみを沈める。
⑥　風呂場から出て、家中の電気を消し、テレビを点けて十数える。
⑦　風呂場に戻り、「（ぬいぐるみの名前）、見つけた」と唱える。
⑧　ぬいぐるみを果物ナイフで刺す。
⑨　「次は（ぬいぐるみの名前）が鬼だから」と三回唱える。
⑩　塩水の入ったコップを持って、押し入れに隠れる。その時に塩水を口に含む。

⑪ 必ず午前5時までに終了すること。

⑫ 終了するときは口に含んだ塩水を風呂場のぬいぐるみに吹きかけて、「私の勝ち」と三回唱える。

北九州民俗誌

『北九州市の言い伝え　第28巻　[redacted]集落の昔話と伝説』

から抜粋　二〇〇三年季刊冬号

「明治以前、[redacted]集落には隠塚《おんづか》の藪《やぶ》と呼ばれる竹藪があった。竹藪になる前は集落をとりまとめる庄屋《しょうや》が、人喰《く》い鬼を鎮める為の塚を代々祀《まつ》っていたが、庄屋が没落したので、うち捨てられた。その後、竹藪に入った村人が次々と神隠しに遭った。明治以降に隠塚の藪は拓《ひら》かれて田畑になったが、現代に至っても隠塚の在処はわからずじまいである。」

「今は昔。[redacted]荘（※[redacted]集落周辺）のありしは、人を誘ひて食ふ鬼ありけり。夜に荘内を彷徨《うろつ》きて人を攫《さら》へば、村人はいと恐れけり。あるほど、旅の僧侶《そうりょ》がひと晩の宿の礼にと、神通力をもちゐて人喰ひ鬼を封じ込めけり。村人は喜び、鬼がゆめゆめいできたらぬやう塚を建てけり。のちに旅の僧侶は弘法《こうぼう》大師と伝へられたり。」

（引用：『筑前国叢談』より）

259　北九州民俗誌

「[redacted]集落には飢《き》饉《きん》の際、鬼が出たと称して、子供を人柱に立てたという記録がある。」

二〇二四年六月十五日（土）
メモ

[redacted]集落　↓　[redacted]町？

近隣住民の証言　↓　明治以前、宍戸邸一帯竹藪
江戸時代よりずっと前　↓　人喰い鬼が村を彷徨いていた　↓　塚に封じられた
隠塚　おんづか「隠」おん　↓　おぬ　↓　おに　↓　鬼　訛った？
鬼　↓　この世に未練や恨みを残す怨霊
人喰い鬼　↓　宍戸邸侵入　人を食う　↓　神隠し？
飢饉　↓　鬼が出た　↓　子供を人柱　隠語？　カニバリズム？　口減らし？
凶相の家・石敢当ない・封印から解放
竹藪　↓　宍戸邸　黒い影　↓　解放された鬼？　ハイレタ
誘い込む・神隠しの目的　：　鬼　↓　食う？　篤　↓　家族にする？
完璧な家族？

二〇二四年六月十七日（月）
メモ
手記再確認
宍戸邸に行く――夜――　延期　〇〇総合病院　外科東棟5F　ICU
6／19　お通夜
ダイくんに会いたいよ

二〇二四年七月二十日（土）
メモ

宍戸邸に行った
明日の取材で多分最後
〆切　7月23日　午前10時　七七日
徹夜しないと間に合わない
とにかく仕上げないといけない

いろいろなことが理解できた。この作品は私にしか書けない

これは運命だ！

ダイくんもうすぐだよ！
待っててね

鷹村翔太の証言　音声記録⑤

二〇二四年七月二十一日（日）　午前十時二分

――ところで、あの土地が宍戸勇二《ゆうじ》のものだと、どうやって分かったんですか?

「『登記事項要約書』です。今は便利ですね、土地の持ち主を調べる方法をネットで検索してみたんですよ。

法務局に行って手続きを取れば、登記事項要約書と言う書類を発行してもらえるんです。それで、廃墟の住所を調べて、その足で法務局に行くことにしました。JRとバスの乗り継ぎが上手《うま》くいけば往復二時間以内で帰ってこれそうでした。

法務局は、区役所とは違った雰囲気で、空気がピリピリしている感じがしました。出入りしている人の表情がどこか硬いせいかもしれません。

窓口で書類が何故必要なのかとか、第三者に発行できないとか言われるんじゃないかと、ずっと落ち着きませんでした。

でも、思っていたよりも事務的に書類は発行してもらえました。

法務局を出て、急いで家に帰りました。ヘルパーの三善さんが帰る三時までに間に合うか、ちょっと心配でしたし。

JRに乗り換えたところで、改めて書類の内容を確かめました。要約書には、当該不動産の住所や床面積等、所有者の名前と住所が記載されていました。

そこに、土地の所有者は宍戸勇二と記載されていたんです」

――所有者が宍戸さんだと分かったから、連絡したというわけですね。

「ええ、このままにしておくと、きっと隼也と母はあの廃墟《はいきょ》に入ってしまうでしょうから。ろくなことにならない、それだけでは済まない予感がしました。下手をしてもしなくても、関わるだけで致命傷を負いそうで。

あの廃墟は、門を閉じるか、鍵《かぎ》を掛けるか、取り壊すしかない、と思っています。先輩や舞美さんのように、たくさんの好奇心旺盛《おうせい》な若者が、あの廃墟に取り込まれてしまう。生きて帰れた私は、特別だったんだ、幸運だったんだと思っています。

でも、宍戸さんは事件後、何年も廃墟を放置したままでした。あの家がどんな家なのか、何か知っているのではないかと私は目星を付けていたんです。

それに所有者の住所が記載してあるので、まずは電話番号案内に問い合わせてみることにしました。運よく登録してあったんで、すぐに連絡を取ってみたんです。

いきなり電話をしたら、警戒されるだろうと思いましたが、これしか方法がなかった。廃墟に勝手に入ったり、立ち入り禁止の立て札や張り紙をすれば、そちらのほうが罪に問われますしね。

早速電話をしてみたら、宍戸さんが電話に出ました。

『もしもし』

しわがれていて、なんだか電話口の私を値踏みしているような声でした。多分、押し売りか何かだと思ったんじゃないでしょうか。

切られては敵《かな》わないので、すぐに名乗りました。なんとなく電話口の男性は宍戸さんと分かっていましたが、確認のつもりで訊《たず》ねました。

『勧誘？　そういうのは要らないよ』

案の定、いきなり切られそうな雰囲気になって、慌ててもう一度詳しく名乗りました。ちゃんと、あの廃墟の近くに住んでいた者だと、それと昔あの廃墟に忍び込んで死体を発見した子供だということも話しました。

いっとき黙りこくられて、切られるかなと心配していたんですけど、何か思い出してくれたようでした。

『あー、あの時の。やけど、なんで、今頃になって電話を？』

思い出してくれて、安心しました。少なくともいきなり切られることはなさそうでしたから。

それで正直に東京から母の介護の為に実家に戻ったと告げました。

『へぇ、親孝行やけど、それが俺とどんな関係があるんか？』

私は一応謝ってから、母が宍戸さんの所有している廃墟に入ろうとして危ないし心配だから、なんとかしてほしいと頼みました。

『大変やな。あそこは崩れそうやし、危ないのは、確かにそうやな』

どこか、他人事《ひとごと》のように話していました。このままでは平行線なので、私は思い切って、空き家をどうにかできないかと切り出してみました。鍵も掛かってないし、虎ロープもバリケードになっていませんから。人が入れないように塞《ふさ》ぐか、それか取り壊す予定はないかと聞きました。

『えぇ？　取り壊す？　ああ、それは予定しとるよ。ただ、今すぐやないけど。やけどねぇ、入れんようにするっちゆうか、鍵つけてもすぐ壊されるし意味がないんよ。窓から入る奴らもおるしね』

取り壊しの予定があると聞いて、一旦《いったん》はほっとしました。でも、第三者が廃墟に侵入するのを阻止することに関しては、責任を放棄しているとしか思えませんでした。

それで、もう少し宍戸さんに気を許してもらおうと考えて、あの廃墟のこと、自殺遺体のことを聞いてみたんです。

それとなく、あの遺体が誰だったのか、なんであそこを死に場所に選んだのかとか。答えるのを渋られたので、いちかばちか、その遺体とご縁があるかもしれないから、墓参りをしたいと告げたんです。

本当、呆《あき》れるくらい、すらすらと思ってもないことが口から出ました。

『へぇ。甥《おい》も喜ぶよ。まぁ、墓参りは大袈裟《おおげさ》やっち思うけどな』

意外な言葉を聞いて、驚きました。まさか甥御さんだったなんて、思いも寄らなかったですから」

――すみません。甥って言うと、宍戸篤のことですか？

「そうです。宍戸さんがはっきり言いました。

『これもなんかの縁かねぇ。篤の両親と姉ちゃんはもうおらんけ。俺くらいしか墓参りしてやっとらんちゃ』って」

――ということは篤はわざわざあの家に戻って自殺、首吊《くび》りをしたと？

「おじの宍戸さんに嫌がらせする為かと思いました。でも私の下世話な憶測は、宍戸さんの言葉で否定されました。

『元々、あの家は篤の父親の家なんよ。篤はあそこに住んどったんよ。ま、それがどうしてあんなことになったかは、あん時、散々マスコミが騒いどったし。調べたらすぐ分かるよ』

一体、何があったのかって聞いたんです。

『一家心中。篤はその生き残りでね。後遺症なんか、なんなんか分からんけど、心のほうがちょっとな。これもあんた、調べたら分かろうが、あの家、人に賃貸《か》したんやけど、その家族を篤が殺しよったん。あれはえらい酷《ひど》かった。篤はああやし、ちゃんとしたことは聞けんし、でねぇ。代わりに、俺が散々な目に遭《お》うた』

私も驚いちゃって。そんなことがあったなんて、初めて知ったんで。

『まぁ、罪は罪やし少年院に入ったんやけど、結局、首吊って。それをあんた、鷹村さんが見つけた、と』

そう言われて、納得はしたんですけど」

――他に何かおっしゃってましたか？

「ええ。私だって、はい、そうですかと引き下がるわけにはいきませんから、事前にネットで調べたことを言ったんです。

不法侵入が他にもあるんじゃないかとか。

実際、私も先輩と一緒に、あの家で悪さをしましたし。人のことなんか言えないですけど、今は昔のことを反省している場合じゃない。母と隼也の為にあの廃墟をどうにかしたかったんです。

『来よるな。とにかく不法侵入したヤツら、なんやったっけ？　迷惑系ユーチューバー？　そうゆうんが勝手に入って、結局、行方不明になっとる。こっちは迷惑しとるんよ、全く。篤ん時みたいにマスコミが来んかったのは助かったけどな』

一応、同情した振りをしました。

『だいたい、あの家、元々いい土地やなかったんよ。兄貴があそこにあった石敢当を壊すし、丁字路に門構えよるし。やけんろくなことしか起きんっちゃん。俺も少しはあの土地のことを調べたりはしとったしな。まぁ、そういうことで、地元じゃ買い手もおらんわけ。兄貴みたいな迷信を信じんヤツやったら別やけどな』

あの土地がそんなに悪い土地だなんて聞いたことがなかったので、ちょっと興味を持ちました。

『あの土地な、昔はかなり大きい竹藪《たけやぶ》やったらしいよ。明治とかそんくらいかな。あの辺り一帯やっち聞いたけ、かなり広かったんやね。今は切り売りされて竹藪の竹すらないけどな。どっちにしろ、売れん土地っちゆうことや』

かなり不機嫌そうな声でした。まぁ、話が横道に逸《そ》れてきたんで、取り壊しというのは、何が原因なのかと聞いてみました。

『市から倒壊しそうな家屋は更地にするよう言われとってね。そのうち、しようかななんち思うとってね。あ、今の話、誰にも言わんでくれよ。ほんとに、あの家、縁起が悪いっちゃが』

宍戸さんもあの廃墟《はいきょ》を持て余しているようでした。だから、もう一度、人が侵入できないようにしてほしいと頼みました。

『ああ、いいよ。不良が寄りつくのも迷惑しとるから、警官に見回り増やすようにゆうとくわ。それでいいか？』

それ以上は私も詰めたりせずに、素直にお願いしました。

『うちも迷惑しとるから、いいよ』

一旦それで電話を切ったんです」

――宍戸さんの言う、「いい土地ではなかった」というのは、どういう意味だと思いますか？　地元では売れない土地だと明確に話されてますよね？

「それについては、宍戸篤が起こした事件があまりに陰惨だったからとも言えますね」

――ところで、これまでのお話の中で現れた家族写真についてですが、何か心当たりというか、正体がなんなのか、分かったことなどはありますか？

「正体。あの家族写真は、篤の足下に落ちていたのだから、おそらく最初は篤が持っていたんでしょう。

ただ、その家族写真が何故、度々私の前に現れたのかは分からないです。もし理由を付けるとしたら、最初に篤の遺体を見つけた私と篤との因縁なのかもしれないです。写真については私もいろいろと考えたんですよ。私の時は別として、先輩や舞美さんの時は、押し入れから見つかったと思います」

――最初話してくれた先輩のアパートに居候してたとき、鷹村さん、何回かフラフラと夜中にアパートを抜け出してたらしいって言ってましたよね？

「はぁ、そうでしたっけ？　何しろあの頃は私生活もごちゃごちゃしてたから、夢遊病か何かだったんじゃないですかねぇ」

――いつも写真が鷹村さんの周辺から出現してたのは偶然だと？

「そりゃそうですよ。偶然以外に何があるって言うんですか。なんで私に関係があるだなんて思うんですか？

とにかく写真だけじゃなく、あの廃墟は全てがおかしかった。

まず、押し入れ。私が逃げ込んだ押し入れで見たもの。真っ黒くて目玉だけが浮いて見える何か。あれは押し入れの外を彷徨《うろつ》いていたものとは違う何かでした。

思い出してみたら、こう、水の中で喋《しゃべ》るみたいな、うがいしながら喋っているような、ゴボゴボという声だったと思います。なんだか、篤の姉、首を包丁で裂いて死んだ千咲《ちさき》のような気がしました。

それが何故押し入れにいたかは分からないですが」

――私が思うに、あの押し入れは姉弟《きょうだい》にとって聖域、隠れ家、安全地帯で安心できる場所だったからでは？

「そうかもしれないですね。篤や千咲のことは何も分かりませんが」

――鷹村さんのお話からだと、例の写真は家族全員で写っているものですよね？写真について何か感じるものはあったんですか？

「感じるもの、ですか。

これは推測の域を出ませんが、私はあの写真についていろいろと考えたことがあるんです。

多分、あの写真の家族は宍戸一家なんじゃないかって。

被写体は、母親、千咲、篤、父親？　父親が写真を撮ったのか、とか。でも、そうしたらあの足の裏は誰のものなんだ、とか。

だいたい、あの写真を撮るには、リビングとダイニングが画角に収まらなくちゃいけない。それに、ポラロイドカメラに広角レンズは取り付けられるのか、とか。

私はメモ帳に、リビングの間取りを覚えている限り描いてみたんです。一直線に線で結び、そのまま座敷の押し入れの辺りまで線を延ばしてみました。

直線上に、押し入れとリビングとダイニングがあった。嫌な考えが浮かびました。撮影者は、押し入れに入って、家族全員が画角に収まるようにしたんじゃないかなって。

宍戸家の一家心中について書かれた新聞記事というかゴシップ記事を読んだことがあるんです。ちょっと、篤のおじと話した後で気になって。

篤の父親だけリビングの照明で、首吊《くび》りをしたとありました。あの足の裏が父親のものなら、じゃあ、誰が家族写真を撮ったのか。

背筋にゾワーッと冷たいものが走って、鳥肌が立ちましたよ。

あの家族写真は遺体と一緒に撮ったものなんですよ。どうやって撮ったかは想像するしかないですが、三脚を使って撮ったのかもしれない。けれど、当時のポラロイドカメラにタイマー機能があったか、調べられませんでした。

他に、この手のポラロイドカメラには、被写体にオートフォーカスするといった機能があることが分かりました。でも、二つの距離の違う被写体が画角に入ると、オートフォーカスができないことがあるらしいんです。

奥の被写体にピントを合わせるには、カメラマンの技術が高くないといけない。第一に、死体と一緒に家族写真を撮るという無理難題を引き受けるカメラマンがいるかどうか。

これ以上はカメラの知識が乏しい私では分かりませんでした。

論理的に証明できなければ、第三者がいない、誰が撮ったか分からない写真が存在することになります。

それは、私があの家族写真を気持ち悪いと思った不自然な点のひとつかもしれません。ただ、高校生の私に、これだけの情報が家族写真の裏にあるのだとは、想像もできませんでした。

関わらないほうがいい。これ以上は調べないほうがいい。そういうものは確実に存在するんですよ」

――何か、私に黙っていることがないですか？　まだ、写真について知っていることがあるんじゃないですか？

「隼也が夢中になってスマホを見ているのが気になったんです。何を見ているか訊《たず》ねたら、素直に私にスマホを手渡してくれました。

スマホにはＹｏｕＴｕｂｅのサイトしか見られないようにＹｏｕＴｕｂｅのアプリしか入れていませんでした。

それなのに、どうやってダウンロードしたのか。ツイッター、今はXですけど、そのアプリがインストールされていました。私は、隼也が熱心に見ていた投稿を目にしました。

そこに見覚えのある写真がありました。

思わず手からスマホを落としそうになりましたよ。何があったと思いますか？

私が十七歳の時、先輩がツイッターにアップした、あの家族写真ですよ。慌てて、タップしてアカウントを調べましたが、知らないアカウントでした。

それよりもっと驚いたことがあったんです。写真は静止画ではなくて、わずかに動いていました。今はアプリで写真が揺らめく加工ができるものもあるらしいです。でも、たとえそういった加工アプリだとしても、そのヌルヌルとした動きは反対に気味の悪さを抜群に感じさせました。

しかも、いいねやリポストが、未《いま》だに付いている。投稿日時を確認すると、二〇二一年の投稿でした。あれから、あの写真は赤の他人の手によって、細々と拡散され続けていたというわけです。

削除したくても、知らないアカウントの投稿なので、削除もログインもできない。私は、運営が削除してくれると期待するしかなかった。

隼也があの写真を見たりしないように、すぐスマホからアプリを削除したんです」

――多分その画像、私も見たかもしれないですが、その時は特に何も感じませんでした。さっきも言いましたが、もし、またあの写真が鷹村さんの手元に戻ってきたら、どうします？

「それより、あの廃墟《はいきょ》の所有者である宍戸さんが言っていた、『いい土地じゃなかった』って言葉ですけど、廃墟と宍戸篤のことを調べていた時に、そのことに言及しているサイトを見つけたんです。これです、これを見てください。

『虎ロープの家が建てられたのは、平成三年頃になる。その当時、家が建てられる前の更地の所有者は、宍戸研一という人物だった。元々この土地は、人が住めない場所として、近隣では有名だった。丁字路は魔物が入り込みやすい場所でもあり、その厄を避ける為、石敢当が建てられた。石敢当には魔除《まよ》けの意味がある。魔物が行き逢《あ》う場所に建てることで、魔物を祓《はら》う効果があると信じられている。宍戸はその石敢当を撤去した。しかも、石敢当が建てられていた場所に門と玄関を作ることで、わざわざ魔物が入り込みやすい形にしてしまったのである』

あの廃墟は、魔物が入り込み、潜んでいる場所なんですよ。そう考えると、篤が錯乱してしまったことや、一連の惨殺事件が起こったことは、偶然ではないかもしれません。隼也が見た黒い人は、丁字路を彷徨《さまよ》い、人と行き逢う魔物そのものなんですよ。十歳の私が背後で感じた怖い存在も、魔物だったのでしょう。むしろ、あの廃墟で死んだ人間全員が魔物になった可能性だってある。

少なくとも、千咲も篤も魔物じゃないかと思うんですよ。あの廃墟に人を誘い込んで、出られないように家の中に閉じ込めてしまう」

――質問から、話を逸《そ》らしてないですか？

確かに「いい土地じゃない」というのは私もいろいろと調べて分かっています。それで、隼也君が話していた背の高い黒い人は魔物そのものだということですか？

「多分。でも、こうとも考えました。

背が高いんじゃない。首が長く伸びているのを、背が高いと思い込んだんじゃないかって。

ただ、何故、背の高い黒い人と呼ばれる存在が、私の家に来たのか。それだけが分かりません」

――先ほど、押し入れにいる黒い存在を千咲じゃないかと言ってましたよね？

じゃあ、首が長く伸びている黒い人とは、首を吊った篤のことじゃないですか？

篤だとしたら、第一発見者であるあなたに執着していてもおかしくないですよね？

その考えに至って、あなたは宍戸邸に行くことをやめようと思わなかったんですか？

「背の高い人は、おそらく篤だと思ってました。そうだと分かっても、どうしても行くことをやめられませんでした」

――何故ですか？


「それは、母と隼也があの廃墟に入ってしまったからです。

あの日、スマホのバイブ音で、私は目を覚ましました。

母をトイレに連れていかないといけない。憂鬱《ゆううつ》になりながら、布団から出ました。

いつもの癖で、隼也の様子を窺《うかが》いました。その途端、私はゾッとしました。布団がもぬけの殻だったんです。まさか、廃墟に行ってないだろうかと、咄嗟《とっさ》に頭に浮かんで、心臓がきゅっと痛みました。

慌てて、母の部屋に行きました。

案の定、母もいなくなっていました。

二人が、あの廃墟に入っていないことを心から祈りました。

廃墟の、様々な噂話をネットで検索して知っていたので、嫌な予感しかしませんでした。

寝間着のまま上着だけ羽織って、急いで玄関を出て、丁字路へ走っていきました。

遠目で見る限りは、廃墟の前に母と隼也はいませんでした。まさか中に入ってしまったのかと不安に駆られました。

虎ロープの向こうを覗《のぞ》き込むと、割れたガラスの格子戸が開いていました。

また心臓が引き絞られるように痛みました。

門に張り巡らされた虎ロープを潜って、廃墟に入らねばならないのかって、それだけでまた吐き気がしてきました。

十歳、そして十七歳の時のことが脳裏に浮かんできました。あの廃墟に触れてはいけないのだと、頭の中で警鐘が鳴っていました。

隼也が描いた、背の高い黒い人のことが思い出されました。つい先日も、夜の散歩中に、隼也がこの廃墟の前に、黒い人が立っていると言っていたことを思い出しました。今も立っているのだろうか、そのことで頭がいっぱいになって。

私にはそんなものは見えません。例外は十歳の時だけでした。また、私が同じ体験をするとは限らないじゃないかって。自分のことより、隼也と母の心配をしたほうがいいと、心の底で強く思っていました。いえ、むしろ何も起こらないと信じたかったんですね。

二人は、あの廃墟で起こった不吉で陰惨な事件を知りません。私が経験した恐ろしい出来事に、隼也と母が遭遇してしまうのは嫌でした。あんなものは知らなくていい経験ですよ。

体感では長い時間、そうしていたように感じました。でも、その実、決意するのは思ったよりも早かった。

私は思いきって虎ロープを潜って、早足で玄関に向かいました」


――入ってみてどうでしたか？　何か変わったことがあったんでしょうか。


「入った時は特に何も感じませんでした。

やっぱり十七歳の頃と比べたら、さすがに荒れ果てていて、家自体が腐っていました。ゴミは足の踏み場がないほど散乱してました。

リビングに続く引き戸を開けようと思いましたが、死体や舞美さんのことが頭を過《よぎ》って、十歳の時と同じ道順を辿《たど》っていました。

寝室を巡って母と隼也を捜しました。でも、どこにもいませんでした。

主寝室から出て右に曲がるとリビングに続くドアがあるんです。

開けようとしましたが、どうしても躊躇《ちゅうちょ》してしまって。怖くて、手のひらにもじっとり汗を搔《か》いていました。

扉の向こう側に、首を吊《つ》った篤の遺体が天井からぶら下がっているんじゃないかって。

昨日のことのようにはっきりと思い出しました。

ドアのノブに手を掛けて深呼吸しないと、開ける勇気すら湧いてきませんでしたよ。

息を吸い込んだら、埃《ほこり》とカビの臭いが鼻の奥に入り込んできて、思わず咳《せ》き込むくらい空気が悪かったですね。

リビングに入ると、ガラスが割れたサッシから、冷たい風が吹き付けてきました。中を見回しましたが、隼也と母は見当たらなかった。もちろん、リビングはもぬけの殻で、荒れ果てているほかに何もない。唯一、ダイニングに当時のテーブルと椅子が置いてあるだけでした。

どこにも母と隼也はいませんでした。不安と心配で胸がざわつきましたよ」

――結局、お母様も隼也君も見つからなかったわけですね？

「それが」

――話しづらいですか？　一体、宍戸邸で何があったんですか。

「隼也はいました。

あの時、背後から急にポンッという電子音が聞こえてきて、心臓が縮み上がりました。

咄嗟に振り返って、音の出所を調べる為に一段高い座敷に足を掛けました。

畳は腐れていて、用心しながら畳に上がって、耳を澄ましたんです。

閉め切られたふすまの向こう側から、聞き慣れた電子音が微《かす》かに聞こえてくるのが分かりました。沙也加のスマホにこんな電子音を登録した覚えがあったんです。

沙也加のスマホを持っているのは隼也だから、押し入れの中に隼也がいるはずだと思いました。

いきなり開けると怖がらせてしまうと思って、名前を呼び掛けながら、ふすまを開きました。

目に入ったのは上段に置かれたスマホでした。私は無意識にスマホを手に取ってしまったんです。

下段を見たら、体育座りをしている、寝間着姿の隼也がいました。一瞬、心臓がドキッと止まるかと思いましたよ。なにか、恐ろしいものを見たのか、隼也は顔を俯《うつむ》けて、黙ったまま、身動き一つしませんでした。

それでも、無事に隼也が見つかったことが嬉《うれ》しかった。

屈《かが》んで隼也の顔を覗き込んで、息を呑《の》みました。

隼也じゃなかったんです」

――隼也君じゃなかった？　それはどういう意味ですか。

「言葉どおり、見知らぬ子供でした。肌が紙のように白くて、真っ黒に塗りつぶされた目が虚空を見つめている様子は、まるで魔物のようでした。

その得体の知れない何かに、私は驚いて腰を抜かしたんです。腰を畳に突いた途端、腐った畳がたわみ、尻《しり》が沈みました。手の中でポンッというスマホの電子音がしました。やっと何かの通知音だと気付きました。

思わずスマホを見たら、通知音を鳴らしていたのは、先日、削除したはずのXアプリでした。ログインして、メンションが付いてなかったら通知音なんて鳴らないはずなのに。

しかも、おすすめのタイムラインに、あの家族写真が表示されているんです。でも、写真が明らかに記憶にあるものと違ったんです。そこには、隼也と母の姿があったんですよ。

ありえない。普通に、こんなことは起こりえない、慌てて日付を見ると、ついさっき投稿されたものでした。誰かが、隼也と母の姿を加工して、この家族写真を作ったんだと、思おうとしました。

わたしは、目の前の隼也が本物の隼也であることを祈りながら、もう一度、顔を上げたんです。

子供は、相変わらず、じっとして動かず、顔を俯けていました。

私はじりじりと、座敷の縁まで後退《あとずさ》りました。ゆっくりと、隼也の形をした何かを刺激しないように、座敷を降りたんです。

考えてみると、体重を掛けただけでたわむ畳なのに、あの子供はどうやってあの押し入れに入ったんでしょうか？　上段に置かれた沙也加のスマホはどうしてあそこにあったんでしょうね」

――鷹村さん、本当はそれ以上の何かに遭遇したんじゃないですか？　何か見たんじゃないですか？

「なんで笑ってるんですか？」

――鷹村さん、もう一度、宍戸邸に行ってみませんか。

鷹村翔太の証言　音声記録⑥
二〇二四年七月二十一日（日）　午前十一時十六分

「一回しか話しません。この話を聞いて、行くか行かないか、もう一度考え直してください。

あの時、体が固まって動けませんでした。私の手の中でスマホから、通知音とは別の音が聞こえました。スマホを見ると、画像が表示された状態で、低い男の声が聞こえてきました。あまりに小さな音声なので、聞き取りづらかった。

何故か、その声を聞き取らねばと思って、わたしはスマホを左耳に当てました。男のひしゃげた声が、たどたどしく喋《しゃべ》っていました。

『完璧《かんぺき》な家族になろう』

私は思わずスマホを落としました。触ってもないのに、スマホの音量が勝手に少しずつ大きくなっていきます。

何度も何度も、声がループしました。

『完璧な家族になろう完璧な家族になろう完璧な家族になろう完璧な家族になろう完璧な家族になろう完璧な家族になろう完璧な家族になろう完璧な家族になろう完璧な家族になろう完璧な家族になろう完璧な家族になろう完璧な家族になろ

う完璧な家族になろう完璧な家族になろう完璧な家族になろう完璧』

私は動画を切ろうとスマホを手に取って画面を見ました。けど、家族写真は動画ではなく、ただの画像だった。どうにかして音声を止めたくて、スマホの音量をオフにしました。

やっと静かになったんですけど、画像がまた変化していたんです。いつの間にか隼也と母の隣に、先輩と舞美さんが並んで写っていました。

どういうことなんだって思いました。投稿時間もついさっきですよ？　どうやって撮ったんです？　不可能じゃないかって。

画像には、隼也と母、先輩と舞美さんの他に、見たこともない顔ぶれが、にこやかにこっちに向かって笑っている姿が写っていました。

私は慌ててアプリを閉じました。

顔を上げて押し入れを見ると、子供はいなくなっていました。どこに行ったのか確めようと振り向こうとしたとき、背後で床が鳴る音がしたんです。私はなんとか振り向かずにすんだ。足音が背後から聞こえました。素足で床板を踏んだ反動でたわんだ床がぎぃぎぃ軋《きし》む音です。

ゆっくり背後から近づいてくる気配に、寒いのに、全身の毛穴から脂汗が噴き出ました。背筋にぞくぞく悪寒が走って。

息もできずにいる私の耳元近くで生臭い息がかかりました。

『完璧な家族になろう』

得体の知れないものが腰を屈《かが》めて、私の後頭部を舐《な》めるように見ているのを感じました。そいつが頬を私の耳にくっつけた感触がしたんです。

『完璧な家族になろう』

もう一度囁《ささや》かれて、私は悲鳴を上げました。足が絡まってしまって、また私は腰を抜かして床に這《は》いつくばってしまいました。今にも吐きそうなくらい、恐怖に胃の腑《ふ》が縮み上がっていました。子供の頃のトラウマになった記憶が、鮮明に蘇《よみがえ》ったんですよ。

顔を上げる必要なんてなかったのに、目の前のダイニングを見て、愕然《がくぜん》としました。荒れ果てていたダイニングが一変しているんです。

いつの間にか、部屋の中が綺麗《きれい》になっていました。割れたガラス、落書き、穴の開いた床、崩れた天井、それらが一切なくなって、さっきまで誰かが生活していた気配を感じました。

今は夜中のはずなのに、窓から差し込む光は金色で、まばゆくて温かかった。

ダイニングにたくさんの人がいました。まばゆくて見えなかった姿が、徐々に目が慣れて見え始めたんです。

誰かがダイニングテーブルの席に並んで座っていました。その顔ぶれに、私は息を呑《の》みました。

沙也加と、隣に隼也と母が並んで座っていたんです。

笑いながら話している三人が、私のほうを振り向いて、手招きしてきました。

私は呆《ほう》けて見つめるしかなかった。

そのとき、ずっと蓋《ふた》をしていた記憶が蘇って、トラックと軽自動車の巻き込み事故を思い出しました。道を歩いていた沙也加と隼也に、車が突っ込んできたと警察官から聞きました。

沙也加は即死で、隼也は病院に運ばれましたが、助からなかった。

会社から駆けつけた私は、隼也の最期に立ち会いました。どうしても隼也まで死んだと思いたくなかった。

家族を失ったショックから、まだ立ち直ってない状況で、母のことでケアマネージャーから連絡が来て、気持ちの整理も付かないまま、福岡へ帰ることになったんです。

結局、隼也の荷物を整理できず、母の家に持って来てしまいました。

沙也加の位牌《いはい》と隼也の位牌、私達三人が写った家族写真を直視できなくて、仏壇に写真立てを伏せて置きました。

いつから、私は隼也が生きていると思い始めたんでしょうね。気が付いた時には、隼也がいたんですよ。側にいることに不思議と疑問を抱きませんでした。

隼也が描いたと思っていた絵は、私が描いたんです。三善さんはそれを見ていたから、私に酷《ひど》く同情してくれたんだと思います。

母を廃墟《はいきょ》に連れていったのも私です。隼也がしたと思っていたことは、全て私自身の仕業でした。

よくよく考えれば、おかしなことはたくさんあったはずです。現に三善さんや伊藤さんには、隼也が見えていなかった。

けれど、私を手招く沙也加達は確かに目の前に存在していたんです。

私はふらふら、沙也加達の側へ歩いていきました。ダイニングテーブルの前に立って、気が付いたら、沙也加達の後ろに、あの画像と同じように先輩や舞美さん、他にも知らないたくさんの人が立っていました。

ニコニコしていると思った彼らの顔は黒く塗りつぶされていました。表情なんて分からないはずなのに、私の頭は彼らが笑っていると認識しているんです。

ようやく、私は沙也加達を見つめ直しました。やっぱり黒くて顔が分からなかった。でも、微笑んでいるのだけは伝わってくるんです。

思い出してみたら、隼也の顔は最初から見えていたんでしょうか。記憶の中の隼也の顔は黒いクレヨンで塗りつぶされていました。なんの疑問も抱かずに、私は顔も見えない子供を隼也だと思い込んでいたんです。

『翔太』

名前を呼ばれて我に返りました。

目の前に知らない――いいえ、よく知っている家族がいました。

あの家族写真に写っていた姉弟《きょうだい》がテーブルに着いて、私を見つめているんです。

背中に穴が開いて血が垂れている母親は、テーブルに突っ伏していました。喉笛《のどぶえ》を横一文字に切られた血まみれの少女が、私のことを『翔太』と呼びかけてきました。

その隣に座っている、首が異様に長く伸びた青年が、『翔太』と、ひしゃげて低い声で私を呼んだんです。

椅子に座った二人は、黒いクレヨンで塗りつぶしたように真っ黒になっていて、白い眼球が私を見ていました。それらは、幼い頃、押し入れで見たあの「何か」でした。

いつの間にか、沙也加や隼也、先輩や舞美さん、大勢の見知らぬ人々は消えていた。

部屋は闇に沈んでいました。最初からこの部屋が暗かったことを忘れていたんです。

背後で、ぎぃきぃぎぃきぃ軋む音がして振り返ったら、姉弟の父親が首を吊《つ》って揺れていました。

正面には、首から血が溢《あふ》れる少女が、『私達、ずっと一緒だからね』と口から血の泡を吐きながらゴボゴボと音を立てていました。

首が伸びた青年が、『おかえり、翔太』とひしゃげた声で言いました。

私はここに来なければいけなかったんですよ。なんで気付かなかったんですかね。

自然に口元が緩んで、『ただいま、お父さん、お母さん。これで完璧な家族だね』って笑っていました。

みんなが幸せに微笑んでいるように思えました。真っ黒な底の見えない穴のような口を大きく開けて、笑っている。

虎ロープで首を吊っている認知症のお婆さんを、私は床に降ろしました。床に横たわる小さなお婆さんは、眠るように目を閉じていました。

私はお婆さんの首に掛かっていた虎ロープを外して、転がった椅子を立てて、天井から下がる照明にもう一度くくりつけました。

椅子の上に立って、輪の中に首を通して、幸せな気持ちのまま、椅子を蹴《け》ったんです」

——でも、あなたは助かった。本当の家族に会えたわけですね。

「運がいいのか、照明のソケットが老朽化していたおかげで天井から抜けたんです。その時は本当のというか、彼らを生みの親だと思っただけで。実際にそうだなんて確かめる術《すべ》はないんですけど」

——でも、こうも考えられませんか？　あなたは『生かされた』んだと。『選ばれた』んですよ。

「生かされた？　選ばれたって何にですか」

――鷹村さん、気付いているはずですよ？　私達は宍戸邸にいる存在の為にこうしているんです。私はとっくの昔に気付きました。私達には役目があるんです。だから、鷹村さんに出会えたと理解しています。鷹村さんも理解すべきだと思いますよ。

「理解すべきって何をですか。一体、何を言ってるんだ」

――分かっているはずですよ。鷹村さんは何度もあの宍戸邸に入ったにもかかわらず、今もこうして無事です。家族写真だって、鷹村さんやあなたに関わる人達の元に現れた。逃げても逃げられないんですよ。

「確かに、先ほどあなたに話したことは常軌を逸していました。でも、逃げられないってどういう意味ですか」

――私は確信しているんです。私も宍戸邸にいる存在に『選ばれて生かされている』んです。宍戸邸に人を誘い込んで、完璧な家族を作る役割を担っているんですよ。宍戸邸の押し入れから見たリビングとダイニングが、今も頭に浮かんできますよ。このために私は、この作品を書かされたんですから。

鷹村さんは、もう一度宍戸邸に行かないといけないんですよ。だから、一緒に行きましょうよ。
その上着のポケットにある写真、手放せないんでしょう？　もしかして、その写真、いろんな人に見せて回ってませんか。

「どうしてそう思うんですか」

——写真があったら見たいですかと言ったのは、鷹村さん、あなたですから。
その写真が、理想の家族を求めている人間を『選んでいる』と知っていたはずです。あなたの今までの話を聞いて確信したんです。その写真には、見る人にとって理想の、完璧《かんぺき》な家族が写っているんですよね？
ほら、鷹村さんだって笑ってるじゃないですか。あなたが亡くなった家族や本当の家族に会えたように、今の私もきっと会えるはずなんで。

——だから、あなたも、宍戸邸に行きましょうよ。

応募された作品の末尾に投稿されておりました一枚の写真を、作品の一部とみなし、巻末に掲載しております。

（編集部）

本書は、ｎｏｔｅ主催創作大賞２０２４角川ホラー文庫賞受賞作「完璧な家族 首縊りの家」を加筆修正・改題のうえ、文庫化したものです。

完璧《かんぺき》な家族《かぞく》の作《つく》り方《かた》
藍上央理《あいうえおうり》

角川ホラー文庫　24632

令和7年4月25日　初版発行

発行者―――山下直久
発　行―――株式会社KADOKAWA
〒102-8177　東京都千代田区富士見2-13-3
電話 0570-002-301（ナビダイヤル）
印刷所―――株式会社暁印刷
製本所―――本間製本株式会社
装幀者―――田島照久

●お問い合わせ
https://www.kadokawa.co.jp/（「お問い合わせ」へお進みください）
※内容によっては、お答えできない場合があります。
※サポートは日本国内のみとさせていただきます。
※Japanese text only

ISBN978-4-04-116199-9　C0193

角川文庫発刊に際して

角川源義

第二次世界大戦の敗北は、軍事力の敗北であった以上に、私たちの若い文化力の敗退であった。私たちの文化が戦争に対して如何に無力であり、単なるあだ花に過ぎなかったかを、私たちは身を以て体験し痛感した。西洋近代文化の摂取にとって、明治以後八十年の歳月は決して短かすぎたとは言えない。にもかかわらず、近代文化の伝統を確立し、自由な批判と柔軟な良識に富む文化層として自らを形成することに私たちは失敗して来た。そしてこれは、各層への文化の普及滲透を任務とする出版人の責任でもあった。

一九四五年以来、私たちは再び振出しに戻り、第一歩から踏み出すことを余儀なくされた。これは大きな不幸ではあるが、反面、これまでの混沌・未熟・歪曲の中にあった我が国の文化に秩序と確たる基礎を齎らすためには絶好の機会でもある。角川書店は、このような祖国の文化的危機にあたり、微力をも顧みず再建の礎石たるべき抱負と決意とをもって出発したが、ここに創立以来の念願を果すべく角川文庫を発刊する。これまで刊行されたあらゆる全集叢書文庫類の長所と短所とを検討し、古今東西の不朽の典籍を、良心的編集のもとに、廉価に、そして書架にふさわしい美本として、多くのひとびとに提供しようとする。しかし私たちは徒らに百科全書的な知識のジレッタントを作ることを目的とせず、あくまで祖国の文化に秩序と再建への道を示し、この文庫を角川書店の栄ある事業として、今後永久に継続発展せしめ、学芸と教養との殿堂として大成せんことを期したい。多くの読書子の愛情ある忠言と支持とによって、この希望と抱負とを完遂せしめられんことを願う。

一九四九年五月三日

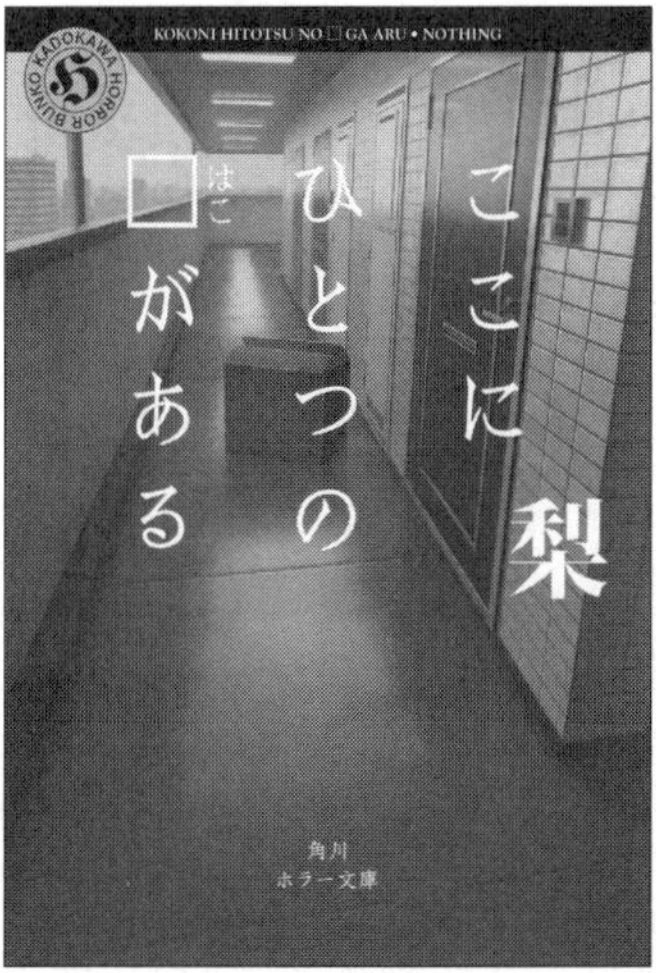

ここにひとつの□《はこ》がある

梨

この□《はこ》を持っていると、恐ろしいことが起こる——

フリマアプリで、「カシルさま専用」として箱を出品すると、必ず落札される。しかし、カシル様への箱には、何も入れてはならないという決まりがあった。中にメッセージカードを入れた生徒の運命とは（「カシル様専用」）。このクロスワードは普通のものとは違う……。それに気づいた時には、もう戻れない（「穴埋め作業」）。あなたの恐怖の概念が塗り替わる８編が詰まった、連作短編集。読んでいると浮かび上がってくる、□《はこ》とはいったい——。

角川ホラー文庫

ISBN 978-4-04-114309-4

異端の祝祭

芦花公園

一気読み必至の民俗学カルトホラー！

冴えない就職浪人生・島本笑美。失敗の原因は分かっている。彼女は生きている人間とそうでないものの区別がつかないのだ。ある日、笑美は何故か大手企業・モリヤ食品の青年社長に気に入られ内定を得る。だが研修で見たのは「ケエエコオオ」と奇声を上げ這い回る人々だった——。一方、笑美の様子を心配した兄は心霊案件を請け負う佐々木事務所を訪れ……。ページを開いた瞬間、貴方はもう「取り込まれて」いる。民俗学カルトホラー！

角川ホラー文庫

ISBN 978-4-04-111230-4